一首诗的战栗

阿　翔　作品

孟繁华　张清华/主编

一首诗的战栗

学术策划与支持

北京师范大学国际写作中心
沈阳师范大学中国文化与文学研究所

山东文艺出版社

总序
70后如何续写历史

张清华　孟繁华

地质史上发生过无数的造山运动,有时十分剧烈,伴随着巨大的地震和火山爆发,释放出难以想象的破坏力,有时会导致物种的大面积灭绝——比如恐龙的消失,一说就与此类活动有关。但也有的崛起是比较平缓和渐变的,比如最晚近的喜马拉雅造山运动,其结果就是造成了青藏高原的持续隆起,但这个过程并没有产生十分严重的地质灾难。

回顾现代以来世界范围内的诗歌运动,颇有点像是这种造山的过程。有时过于激烈,对于既存的传统与秩序造成了剧烈的冲击,说"美学的地震"也不过分。现代主义初期的"达达"和"未来主义"者们,甚至还曾高呼"捣烂、砸毁一切博物馆、图书馆和学院",声称"诅咒一切传统文化,扫荡从古罗马以来的一切文化遗产"。当初白话新诗的诞生,也曾让多少人感觉到愤怒和恐慌,章士钊斥之为"文词鄙俚,国家未灭,文字先亡"。20世纪七八十年代之交的"朦胧诗"出现之时,也引起了几代人之间激烈而持久的论争,以至于有的老诗人说,这是资产阶级的艺术向着无产阶级"扔出了决斗的白手套"。

最晚近的例子是1986年,由徐敬亚策划的"中国现代主义诗歌大展",其中的多个流派都喊出了新一轮颠覆与崛起的狂言。诸如，"捣乱、破坏以求炸毁封闭式假开放的文化心理结构"（莽汉主义），"它所有的魅力就在于它的粗暴、肤浅和胡说八道，它所反击的是：博学和高深"（大学生诗派），"我们否定旧传统和现代'辫子军'强加给我们的一切，反对把艺术情感导向任何宗教与伦理"，我们会"与探险者、偏执狂、醉酒汉、臆想病人和现代寓言制造家共命运"（新传统主义）……

回望这些，是想给我们将要描述的一代新人——"70后"——找到他们的起点。相比前人，这确乎是温文尔雅不事张扬的一代，是心气平和甚至低声下气的一代；相比前人的张狂和粗暴、躁乱与峻急，他们属于"和平崛起"的一代，没有通过战争和暴力夺权，甚至也没有通过运动，而是几乎静悄悄地蔓延成长起来。这当然足够好，只是代价也大：他们无法不承受更久的压抑、更迟一些的登堂入室，面孔更加模糊，更加难以在理论上给出名号和说法，经典化的过程更加缓慢和漫长……甚至，他们都没有得到一个明确的标签或头衔，只是被笼统地称呼为"70后"。他们的前人是堂而皇之当仁不让地将自己唤作"第三代"——与革命时代的颂歌诗人、以"朦胧"标立反叛的"第二代"可以相提并论的"第三代"，而之后的他们，只能按照"年代共同体"的含糊其词，来给出一个语焉不详的称谓。

可见平和的方式、小心翼翼"挤进"诗歌谱系的方式，某种程度上也可能是一个悲剧。靠美学暴乱获得权力的"第三代"，不止在1986年一举成名，而且持续地塑造了1990年代的诗歌美学。迄今手握经典权力的，仍是这群由蒙面强盗转身而华丽加冕的家伙，一如其领袖级人物周伦佑的名作——《第三代诗人》中所自诩和自嘲的："一群斯文的暴徒，在词语的专政之下／孤立得太久，终于在这一年揭竿而起／……使分行排列的中国／陷入持久的混乱"——

> 这便是第三代诗人
> 自吹自擂的一代，把自己宣布为一次革命
> 自下而上的暴动；在词语的界限之内
> 砸碎旧世界，捏造出许多稀有的名词和动词
> 往自己脸上抹黑或贴金，都没有人鼓掌
> 第三代自我感觉良好，觉得自己金光很大
> 长期在江湖上，写一流的诗，读二流的书
> 玩三流的女人。作为黑道人物而扬名立万……

这是一代人的自画像，带了骄傲的自嘲和自我戏谑的姿态，把这一代的历史处境、自我意识、写作及"文学行动"的方式，都惟妙惟肖地描画出来，甚至将其集合的理由和解散的前缘，也都言近意远地暗示了出来。

与地质史上的造山运动结束之后大地依旧壮丽地存在一样，"第三代"并未终结历史，尽行毁弃诗意之美，反而是有力地深化和续接了由朦胧诗再度开辟的现代性传统。因为很显然，朦胧诗在面对历史张开自身抱负的时候，还单纯得如同一个美学上的儿童，光明洁净而未谙世事，故其诗意也是单薄的。只有到了"第三代"，才开启了一种渐次成年的、看似平庸而实则复杂的诗学。朦胧诗固然富有道义上的力量，但也有"经得住压力而经不起放逐"的缺陷，对此，当年的朱大可曾有一个绝妙的比喻——"从绞架到秋千"，言及当初的社会压力，刚好成就了朦胧诗，使这一代人获得了近乎英雄和"密谋者"的身份。北岛最初的"纵使你脚下有一千名挑战者，那就把我算作第一千零一名"，以及稍后的"在没有英雄的年代里，我只想做一个人"的转变，就是这种时代变化的微妙反映。但这还不是本雅明所说的作为文化形象的"密谋者"，直到周伦佑

的笔下，他们身上的"现代性的暧昧"似乎才得以确认。从社会学的绞架，到民间在野者的秋千，这是一个戏剧性的也非常幸运的变化，当代诗歌至此才算是回归了本位。

就这样"第三代"塑造了自己，也趁着社会历史的重大变迁建立了自己的美学功业，在1990年代写下了成熟而更加复杂的文本，并最终又在1999年的"盘峰诗会"上完成了必要的分蘖——将写作的两个基本向度，再度进行了标立。尽管"知识分子"和"民间"这两个关于立场的说法显得言过其实又言不及义，但却象征式地，给这一代张开了文化与美学的两种"极值"。至此，他们作为一个写作的代际，可谓已几近功德圆满。当代诗歌由此建立了相对成熟和复杂的意义内质，以及多向而完善的弹性诗学。

"第三代"以后，历史如何延续？这是"70后"必须回答的命题。这一代是何时登上历史舞台的？种种迹象表明，这个时间节点大约是2001年。虽然他们最早的汇聚，据说是在1998年深圳的诗歌民刊《外遇》上，但那时其影响基本上还是地域性或"圈子性"的，诗歌观念尚未形成。但2001年就不同了，他们的出现，几乎使人想起了一个久违的词：崛起。这一年的民刊突然成了"70后"一代的天下：《诗参考》《诗江湖》《诗文本》《下半身》《扬子鳄》《漆》《葵》《诗歌与人》……其中多数都是由"70后"诗人创办的，即便不是，主要的作者群也已是"70后"。这一年的他们可谓是蜂拥而至，突然占据了大片的诗歌版图。其咄咄逼人的情势，不禁令人依稀记起了1980年代曾有过的场景。

但是，与前人相比，"70后"的出现并没有以"弑兄篡位"的方式抢班夺权，而是以人多势众的"和平逼挤"显示了其存在。而且他们还相当诚实地袒露了自己得以出道的机缘，沈浩波就说，是"'盘峰论争'使一代人被吓破的胆开始恢复愈合，使一代人的视野立即变得宏阔，使一代人真正开始思考诗歌的一些更为本质的问题……""可以说，'盘峰论争'真正成就了'70后'"。① 现在看，"70后"的和平演变，或许正是因为"第三代"的内讧，居于外省的"民间派"对于在国际化和经典化过程中获益偏多的"知识分子"群体的讨伐，以及由此引起的纷争，恰好使他们得到了一个跟随其后粉墨登场的机会。

关于"70后"的"内部图景"，仍可以引用其"内部"人士的分法。朵渔将这一人群划成了四个不同的"板块"，大致是客观的——

A. 起点很高的口语诗人：他们大都受过高等教育，这是70后诗歌写作者的主流。

B. 几近天才式的诗人：他们一般没有大学背景，他们一入手就是优秀的诗篇，很本质，娘胎里带来的。这种人很少。

C. 新一代"知识分子写作者"。

D. 有"中学生诗人"背景者：对发表的重视、对官方刊物的追求，对一种虚妄的过分诗意化的东西过分看重，大多没有受过正规的高等教育。②

显然，"70后"一出道，就天然地遗传了"第三代"的格局。最后一类肯定是无足轻重的，第二类是极个别的特例；那么剩下的一、三两类，无疑分别是"民间派"和"知识分子写作"的信徒或追随者，区别已很明显，但与前人相比，在他们之间或许只是写作立场与观念的分歧，并不带有那类意气恩怨与利益纠葛。在朵渔的言谈中，我们似乎不难看出他的谨慎小心，虽然其文章的修辞有刻意的耸人听闻之处，但在事关其内部观

---

① 沈浩波：《诗歌的70后与我》，《诗江湖》创刊号，2001年。
② 朵渔：《我们为所欲为的时候到了》，《诗文本》（四），2001年。

念分野的评价上,还是看不出明显的厚此薄彼或非此即彼。

总体概括"70后"诗歌写作的特点,或许又是我们力所难逮的,因为经验上的隔阂犹如鸿沟横亘,所以我们这里只能给出一个大致的描述。首先,一个最为鲜明的特点,是写作内容与对象的日常化,审美趣味的个人与细节化——这似乎也是小说领域中这一代际的共同特点。虽然"第三代"中业已在写作中强调了日常与琐细,粗鄙与放浪,但那更多的是姿态性的文化反抗,有大量的潜意识与潜台词在其中,而对"70后"来说,这毋宁说是他们的常态、本色和本心,他们在道德与价值上所表现出的现世化、游戏化和"底线化",并不带有强烈的反讽性质,而是一种更为真实和丰富的体认与接受。仍借用朵渔的若干"关键词"来说:"背景——生在红旗下,长在物欲中;风格——雅皮士面孔,嬉皮士精神;性爱——有经历,无感受;立场——以享乐为原则,以个性为准绳……"[①]这些概括,大致涵盖了"70后诗学"的最重要的文化与美学特征。

其次,"70后"所涉及的另一个比较核心的范畴,便是评价不一的"下半身美学"。听起来这有点耸人听闻,但其实在巴赫金的小说理论里,在其对拉伯雷和中世纪民间文化的讨论中,早已反复提及。这种刻意粗鄙的美学,其主要的表现是语言及行为的"狂欢化",在中世纪是借民间节日的形式打破社会的伦理禁忌,以粗鄙与戏谑的仪式,来短暂地取消权威与等级制度所带来的压抑。巴赫金用这种解释,赋予了《巨人传》中大量粗鄙场景与器官语言以合法性。固然我们不能机械搬用,借以给沈浩波等人的《下半身》及其写作策略以简单化的合法解释,但无疑,我们也不能完全道德化地去予以比对。沈浩波们所强调的"贴肉"状态,以及所谓的"消除……知识、文化、

---

① 朵渔:《我们为所欲为的时候到了》,《诗文本》(四),2001年。

传统、诗意、抒情、哲理、思考、承担、使命、大师、经典……这些属于上半身的词汇"①的说法,其实都是一种极端化和"行为化"的表达。这应了德里达所说,现代以来的艺术,常常只是"一种危机经验之中"的"文学行动",是"对所谓'文学的末日'十分敏感的文本"。②为了显示其拯救"文学危机"的自觉性,才刻意夸大了其立场,他们试图用一种极端的修辞或者表现形式,来体现对于精神性的写作困境的反拨,或者修正。

显然,对于在诗学和美学上尚显稚嫩与含混的"70后"来说,"下半身美学"或许暂时充当了一块有力的敲门砖,误打误撞地帮助这一代挤开了一道进入谱系与历史的缝隙,但也不可避免地使某些成员背上了坏名声。稍后,它便因为先天的缺陷而被弃若敝屣了。不过,"下半身写作"的终结,却并未影响狂欢的氛围,因为历史还给了这代人另一个机遇,那就是世纪之交网络新媒体的迅速蔓延。从这一角度看,粗鄙的"下半身"或许只是个牺牲了的"替身","网络新美学"才是不可阻挡的新的写作现实。从根本上说,这是一次人类历史上罕见的文化变异,正如历史上每一次书写与传播介质的改变,都带来了文学的巨变一样。网络世界的巨大、自由和"拟隐身化生存",给每一个写作者都带来了前所未有的机遇,它几乎从根本上动摇了之前的文化权力、写作秩序与制度,给写作者带来了庇护与宽容。"70后"幸运地赶上了,使他们对于个性、自由、本色和真实的追求,获得了一个足相匹配的空间。

上述都是从宏观上给出的一些解释。在最后,我们或许更应该从风格与修辞的角度,来谈一谈选定这十位诗人的理由。

---

① 沈浩波:《香臭自知——沈浩波访谈录》,《诗文本》(四),2001年。
② [法]雅克·德里达:《文学行动》,赵兴国等译,中国社会科学出版社,1998年版,第8—9页。

事实上,"70后"在写作上的丰富性,曾使我们在对其代表的选定上犹疑不决。可能最终我们更多的还是考虑了其几个大的取向,比如姜涛和胡续冬,便是作为"北大系"或者"知识分子写作"脉系的可能的后来者,但是,此二人不同但又相似的自由与机警、诙谐或洒脱,又分明标记着他们的逃离与变异,相似的只是他们作为学院中人在理论与诗学上的超强自觉与自我阐释能力;与他们略近的是孙磊,亦就职于高校,有置身书斋画室生活的底气,但写作方面则比较强调"感觉的悬浮",早期他曾偏重形而上的自述抒写,《谈话》和《演奏》诸篇,均有非常系统和哲学性的个人建构,晚近则以生活的小景与片段入诗,常刻意给读者一种渺远苍茫、无从求解的含混,一种个体存在的虚渺体验与感叹;另一位轩辕轼轲,即朵渔所说的没有大学背景的"几近天才"的诗人,最初他的出现几乎可以与1990年代初的伊沙相提并论,他的《太精彩了》《你能杀了我吗》《是××,总会××的》等诗,都以极俏皮和谐谑的语言,来"挠痒痒"式地触及当代文化心理或价值的敏感与隐秘部位,产生出奇妙的解构与反讽意味。可以说,伊沙之后真正领悟了解构主义写作秘诀的,正是轩辕轼轲。

同样没有大学背景,却写得让人过目难忘的还有江非,他简练而又准确的叙事性,将1990年代发育起来的"叙事诗学"又发挥到了极致。他有关故乡"平墩湖"的回忆,用了精细的微观修辞,克制但又恰到好处的悲悯情致,将那些卑微的生命和原始自然的风物讲述得摇曳多姿,动人心弦;没有学院背景的还有黄礼孩,他的诗歌写作同他对诗歌所做的贡献相比,或许要略逊一筹,但他刻意卑微和弱化的主体想象,对日常生活细节的精细描摹,也总能产生出言近意远的绵延,给人留下深刻印象。当然,将他列入,也确有褒奖其不遗余力且总有惊人之笔的"诗歌行动"之意。

早期作为"民间写作"的举旗者的朵渔，目下正表现出日渐成大器的迹象。在早期追求反诘和颠覆的机智之后，他晚近反而更多地体现了对于知识分子精神的传承。他的关怀现实的、追问历史的及咏怀史籍人物的系列作品，都体现出独有的犀利和到位，弦外之音居高声远。同时，他刻意跳脱琐细、间隔顿挫的修辞，也显得陌生感十足，成为"70后式修辞"的标志性模式。在修辞方式上值得一说的还有阿翔，或许先天在听力方面的缺陷，让他对这世界多了几分疑虑，所以他的语言常带有失聪者的幻感，"遇见鬼了"的狐疑，这种对世界的认知方式，先天地使他的诗带上了浓厚的无意识色彩与超现实意味，使他笔下的个体处境更具有了令人诧异的诗意。

需要提到的还有两位女性——巫昂和宇向，或许从诗歌成就看，"70后"之中与她们可以比肩的诗人很多，但从体现一种"代际新美学"的角度看，她们两位所体现出的陌生与新鲜却无可替代。其实，应该入选的还有尹丽川，只不过从文本数量还有眼下的状态而论，尹丽川已不再是诗歌中人，或者即便是，其作品数量也难以成册。这是个矛盾。巫昂出身学院，研究生曾就读于社科院，但自参与"下半身"群体的写作开始，她便体现出一种独有的"意义出走"的倾向，不见痕迹的俏皮，与在无意义处找见意趣的抒情天赋，都令人吃惊；宇向从未上过大学，但她一出手就显现出异样的奇崛，与近乎妖娆的机警，她不再像前辈中经典的"女性写作"那样常带有"女巫"的气质，她所显现的，乃是另一种"女妖"的属性。她的《我几乎看见滚滚红尘》《一阵风》等作品，都几乎在读者中刮起了一股小小的旋风，其诗意的无意识深度，语言的跳脱诡异，都成为人们想象中的"70后新美学"的典范文本。

说了这么多，最后却还要向更多的诗人致歉——因为名额的有限，致使更多应该入选的诗人被遗漏：像微观书写中见奇迹的徐俊国，在诗学建树上贡献颇多的刘春与冷霜，在同传统书写的接洽中多有独到之处的泉子，由"下半身写作"的领衔者到"蝴蝶蜕变"的沈浩波……我们没法不对他们说抱歉。或许等这一群体还有机会展示之时，再行补充吧。总之，列入的十位诗人，只能部分地显示了这一代际的写作格局，以及大致的风格样貌，而真正的写作成就，还是靠每一位出色的诗人本身。

作为虚长年齿的研究者，我们无法不保留若干对这一年轻代际的写作的看法，比如过于相信日常性经验的意义，过于琐细的修辞，对于生命中无法回避的许多责任与担当的游戏性处置，等等。但是我们又相信，任何代际的经验、写法、美学和语言，都是结构性的存在，所谓优势亦即劣势，长处也即短处，很难貌似公允地予以区分和评判。作为读者，我们只能期待他们有更坚韧的追求，更卓越的创造。我们期待着。

2015 年 12 月 26 日于北京

目 录

辑一：新赞美诗（2011）

剧场，小叙事诗 / 003

剧场，新赞美诗 / 004

黑皮书诗 / 005

灰皮书诗 / 007

白皮书诗 / 009

红皮书诗 / 010

黄皮书诗 / 012

剧场，幼稚诗 / 014

剧场，追尾诗 / 016

辑二：焚诗（2012）

送别诗 / 021

曲终诗 / 023

故土诗 / 024

草叶诗 / 025

断诗 / 026

誓诗 / 027

室内诗 / 028

禁诗 / 029

对一首《禁诗》注释，致诗 / 030

隐诗 / 031

盲诗 / 032

言诗 / 033

古诗 / 034

暴雨诗 / 035

颂诗 / 036

棉花诗 / 038

短诗 / 040

暗色诗 / 041

厌世诗 / 042

酒后诗 / 043

旧诗 / 044

手艺诗 / 045

纪念诗 / 047

快乐诗 / 048

酒鬼诗 / 050

新现实诗 / 052

焚诗 / 053

清晨诗 / 054

夜游诗 / 055

江山诗 / 056

观海诗 / 058

赠诗 / 060

怀人诗 / 062

生日诗 / 064

准情诗 / 066

彼此，或拟情诗 / 067

隐身于暗中，最情诗 / 068

末日诗 / 069

壬辰年观澜山水田园夜饮诗 / 070

辑三：雨中诗（2013）

寂静诗 / 073

二月，手稿诗 / 074

火车诗 / 076

返乡诗 / 077

教育诗 / 079

春日赠人诗 / 080

漂浮诗 / 082

过往通过灰尘越来越稀，或今日有诗 / 083

七日诗 / 085

最后往往屈服于风暴，与友人诗 / 090

读阿赫玛托娃，一首未完成诗 / 092

雨中诗 / 093

短篇诗 / 095

匿名诗 / 096

江山美人……另一版本诗 / 098

晚安，亲爱的地下青春诗 / 100

援引诗 / 102

从飓风到行走，或晚春诗 / 104

自画像诗 / 106

假象诗 / 108

在宁波，与雷喑诗 / 109

胡诌诗 / 110

海滩倒影，或散步诗 / 111

立秋诗 / 113

恣意诗 / 114

拟胖子诗 / 115

麻醉诗 / 117

时间仓，或月湖诗 / 118

后半夜诗 / 119

中秋诗 / 120

悼诗 / 122

游羊台山，登高诗 / 123

平沙岛，或平沙诗 / 125

龙华线，或地铁诗 / 126

暂居地，或大浪诗 / 128

情诗 / 129

一个人的时光，或清湖诗 / 130

警察与新赞美诗 / 131

私情诗 / 133

冬日诗 / 135

辑四：遗情诗（2014—2015）

新诗 / 139

私人聚会，记诗 / 140

遗情诗 / 142

夜行诗 / 144

春历诗 / 145

二月诗 / 146

双面诗 / 148

破绽诗 / 149

静夜诗 / 151

编年诗（1） / 153

编年诗（2） / 155

编年诗（3） / 156

编年诗（4） / 158

编年诗（5） / 159

编年诗（6） / 161

编年诗（8） / 163

大雨诗 / 165

编年诗（9） / 166

桃花诗 / 168

编年诗（10） / 170

编年诗（12） / 172

编年诗（13） / 174

读诗 / 176

编年诗（14） / 178

编年诗（16） / 179

编年诗（17） / 181

编年诗（18） / 183

祭诗 / 185

未焚诗 / 187

编年诗（20） / 189

陋室诗 / 191

拙劣诗 / 192

编年诗（22） / 193

抒怀诗 / 194

飞行诗 / 196

热雨诗 / 197

安息诗 / 198

仿情诗 / 200

隆隆诗 / 202

失眠诗 / 204

漂流诗 / 206

遁世诗 / 208

早安诗 / 210

暴雨诗 / 212

慢行诗 / 214

仙湖诗 / 216

假日诗 / 218

故人诗 / 220

洞背诗 / 222

龙塘诗 / 224

早晨诗 / 226

南方传奇 / 228

新婚传奇 / 229

从镜子反射出你的世界计划 / 231

旅程传奇 / 232

细雨中访甲乙村计划 / 234

山居传奇 / 236

草堂里的猫传奇 / 238

乘坐高铁返回计划 / 240

辑一：新赞美诗（2011）

剧场，小叙事诗

病体的隐喻来自遗传，缠绕衰败的家庭
和学派，然后在空气中就停下来，久久
不散，无数事情都是这样的，野生药草
难以治愈。坐到餐桌旁受不了高谈阔论
强迫我相信这种颓唐的安排，如果出于

意外，如果忘了归途，我就会想起他们
是夜晚的电影史，分担着很多礼数，室
内乐有如暗示着局限，单方面轰鸣而压
抑，往我身体里冒出气泡，随后战争被
抽空，全力围绕着失明的温情。我梦见

无比可疑的黑白胶片快速倒带，墙壁那
些闪烁着不现实的混乱，他们精力充沛
得想大声抒情，屁股压在老式转椅上不
停旋转，这让我闹点小情绪纠结，可以
想象到的街头暴力变得操蛋，祖国的颜

色不可预期，加上格调有意识地重复着
那糟糕的天气，这并不意味大多数时间
仍然如此。对于他们我真的考虑得不多
各自守着洞见与孤绝，此刻对话被隔离
了彼此，我毫不怀疑自己终生患了耳疾

剧场，新赞美诗

她不能冥思苦想。不能在漫长的夏季
过早暴露，星期五黑得不像话，连伤害也是黑色的
身上的大雨操纵她的美。她曾经纠缠
双性的身份，练习
健忘症，以及对健忘症的适应
多么不可能的安眠，"梦里的水滴还在嘀嗒作响"
有时发现树木：那失传更久的舞蹈
比飞鸟还轻盈，以至于触摸到一层不真实
的外皮（如果真有的话）；有时她感到
无能为力，地理上的故乡无缘无故地
变得星稀虫喑，那些无关的耳朵
不会过来倾听。如果专注些，就会注意到
手指上缠绕的毛线，周围的空气
是毛茸茸的，而眼前的速画像不可理喻，但她不会
轻易说出。事实上，她所失去的可以组成
新国家，像一流的子宫
包括特有气味、视野和情感，由此
她无边无际。然后转到了小教堂的历史感
然后是祈祷，对传记影片从片头
到剧终视若无物
在雨中索性收起雨伞，"啊！这叹息，这短暂
这上帝亲吻的闪电！"

黑皮书诗

我变得固执。总要到夜半三更变得异常清醒
出现在猫咪的嬉耍游戏
折服于它的平衡感,更多的是不停叫唤
这乏味的秩序,但不代表
打着手势假装适宜畅饮。就像假首饰
哪怕毫不起眼依然会现出原形,这是事实;那时

高楼令我恐惧。个人几乎难以疾速
畏缩不前,在一个地方老这么耽搁。白天在喧嚣里
国家主义舞得甚欢,意思完全变了
分辨不了冷热。在沉默的时候,黑皮书
在嘶喊,重要的是"阅读是书简的慢,不会
留下一丝痕迹",这说明我挥手

搅动了空气。凡能忆起之事,感到浑身抽筋裂骨
宴饮还未结束,"身体的用处愈来愈少"
被器械冰冷地分析,以及面目模糊可疑。更远的
路径必在异地,老习俗也许有效
但不能使生活得以救赎。上头有大片乌云
漆黑一团的变形,雨就倒立下了起来,因而

深入更暗处的阅读。甚至不能感知的,我一眼

看穿了这个花招,不外乎这样
还要忍受地下室的约束,反奇迹的舒展就无从谈起
我在它身边环绕了多久,直到它在高墙上
若无其事地散步,它善于爬高
不善于从顶点下落,使我常常逃过一劫

灰皮书诗

每一个下午有些麻木,是多么滑稽。
天气预报说有大雨,如果是我听错
了,那我无能为力,你反复触摸蓬
勃的发辫,也许是这样,这里就空
空荡荡,门被反锁了,并不表示周
围一片小寂静。翻覆睡不着,好歹
还有闪电,呈现出反方向,只剩下
名词。所以,我不能说逾越,没有
人站在你身后,即使有,彼此看不
见。唯独你谈论起陌生的面具,这
从你的挎包中可以看出,一本书褪
去了颜色,或者它更代表着你;关
于羞辱的观念,也不能使我一下子
掉头就走。这显然你似乎没有背景,
你确实在诗里哭泣,仿佛身处舞台,
使用过水银,从偏见的故事与不真
实的成长可见一斑;应该说,你感
受到了种种疾病,所谓隐身,无非
恢复到原样,用暮色掩藏多少秘密。
一再试探它的底线,结果难以脱身。
还好我够老实,不!你看到的是我
假装老实,被压抑得太久,不管那

么多了,我需要醉生梦死。而后被
你记录下来,在我被改变之前;无
法讲述的下午,直到墙角长满绿藤。

白皮书诗

无数雨水淹没我的阅读,进而急促,
一点点剧场的荒凉,光艳消失,
那么多人相互阻隔,目睹年华已逝,影响你的一切,
有时,你会想一些问题,
这里就有一个,譬如冷气融入新鲜空气,
由于经验不足,感冒随时发生,
之后一蹶不振。还未被经历过,用白皮书掩盖"域名
　　不存在",
无法访问,最终归于我自身难保,
对负重累累进行清算,只识得酒中趣味,
惯于秘密旅行,你就会明白这一不争事实。
"你终于沉淀了下来",这意味着我无可挣脱,
"沉到了最底层。"传说中的引文,
可以在黑暗中侧耳聆听,当然我不用沉湎于夜色,
像你说的仅仅是安静的位置,
漂浮一首诗的古旧韵律,"你将永久盘踞"。
铁轨深不可测,唯有你能够检视噪音,
在世界的姹紫嫣红祈祷,
癌症不可放在这里扩散……
并以此证明树木有呼吸的幽香,我看到你的童年,
泥泞的脚印,或许,是寻找云朵上的"一滴雨"。

红皮书诗

用红皮书比喻,这很容易,气候延长个人史记
再加上那些暴烈之美,不必是清醒的梦游
只说是时间不够用。她会如此惊奇
连续不断的大雨无需证明,至少有部分
让她有点不安,好多人
在这里汇合
她猜想那是有点气味的地方起了变化。

她躲在隐喻里磨牙,并借此躲开
羞愧。红皮书的剧场
不足以显得伟大。问题是,有些细微的赞美和神秘
时时出现在梦里,尤其是撤退越来越迟疑。

有时,在忽略中谈论红皮书
总觉得像是尽力回避血型;只是脱离……
绝非手无寸铁,如果饱含了
歪曲现实
她最终选择放弃,或内心要求寂静
当然,推掉所有工作,以示象征偏离
也不是不可以。

生活不敌无中生有。这仍不是她要的诗

她泄露秘密，亦无纠缠刺鼻的樟脑丸
对意义没有必要猜测。
也许，向南远观，可以是清新的。
瞧，几乎离题万里了，翻到最后那一页才想起
还没有解决空肠胃，她能说出的只有
对夏日的凌乱和坏脾气。

黄皮书诗

我们能准确地推断出这本书泛黄的年代
经历过多少次波折,霉味渗进故事的不完整性
而它不断膨胀,我无言以对。

如果不出意外,不外乎就是重温根源,无效的叙述方向。
或者,其中一个回到暗处,好像比现实更具想象力
后面还带有一长串最重要的名单,"连死亡

都成了活着",我知道这不正确。
施暴忠于愚钝,不然另一虚构是颠倒的,语言的……它
一下子滑入了夸张的闷热,然而

我们视而不见,依然微弱
不能体现滔滔不绝的谎言和对自己的篡改
那时,我看见这一点,耻辱

是我们的。这不免令人狐疑
更不要说小恶俗风格,为了防范魔术师,我们隐匿了
桌布,所以无妨清醒。实在厌烦了一片

废墟感,远处的灯火灭掉了灯
如果没有人指明我的身份,我会听见骨骼往回缩

坐在暮色底,少年的情绪加速了面目黝黑。

回到现在,不单单是臃肿的阅读,说出即沉默
最后获得果然是苦涩,所有阴影
轻过高度,我身居幕后不能转喻这一琐碎的叙事。

剧场，幼稚诗

你的漫游，破败的素描，都源于你的选择。
你不能说别的话，因为承受更多
丰盛的晚餐不能一下子消化

这糟糕并不坏。实在……随处可见
旅游业的兴旺
仿佛时代的朽腐。那时我饮酒过量，言论完全不出意外
扯到了捉迷藏游戏，"哦，幼稚。"
如果这样的无动于衷，令我无妨恍惚

孩子的小忧伤只多一点点，你不能用它占卜凶吉
祷告是有必要的，"但也是空想。"
巨大的厌倦服从着低头弯腰
而生活在虚耗，在深夜，掩盖不住风月滋味

我不应当羞愧。这时候我把自己藏匿起来
你不明白，有黑暗的尽头随其身后
迷茫的眼神收缩，并永不愈合

这些都只是问题。无神论多么特殊
讽喻显得更咸涩，你看见草木
枯烂了么？正如我是多么幼稚，没有结实的未来

有时风和音乐毫不相干,甚至无需交换
金属品果实

不曾疏远。不人道的事宜教育你时刻清醒
暂且卷入戏剧的白泡沫,写诗是自我治疗
你只能假装相信时间,我假装不必铭记

剧场,追尾诗

我决心熬过这个夜晚。记住这个日子
大雨撼动着树枝。
远方变做近景,由于火焰和灰尘而不太清晰
在一刹那间的闪电,它唯一的此在只是把门打开。
目睹了混乱。即使继续被遮蔽
通过象征制造无穷无尽的迷魂阵,还须考证。
或者,它显得遥不可即, 随时介入
前后矛盾的逻辑,零距离的
接触似乎盘旋交错。
实名制和粗鲁,在铁轨上推动的是厄运
有多少冲击的力量
在我胸口撞响,想象中的撕扯
被桥梁空洞化,无视碎纸片的游戏,哦,我会说:
始于这样的傍晚,再抹去一些人事
无非是更多的人把握着方向盘
把具体糟蹋到东拉西扯。
我看见……"你熟悉那些场景,未必是真。"
陌生之地一直怕黑,一次从未成行的
远游被终止,白昼被减到最少。
我从没想到,在那里,空旷中的轰鸣转眼即过
意思是掩饰性的借口,这并非
可怕的例外。问题是,如果我要熬过这个夜晚

那么这首诗写到一半就慢了下来,即将
被下一首诗追尾撞击
这让我郁闷无比,闷雷沿着天边滚来
　"是的,人世;是的,扼腕……"

辑二：焚诗（2012）

送别诗

　　（送别牧云人，从此去天上牧云）

这一次排除剧场，这一年的春天来得迟，就像简单的
昨日下午，停留在六点，牵引出从户外游回来的
无常世事。看着四周，在我的回忆里，那累积了十年
总听见他对我说："每天要出门，因为云朵的
自由自在。"那棵树开得正旺，厌倦啊厌倦……

哀不能节。失败的心脏，怀揣失败的理想主义
犹如颠倒，从阴暗的书吧望出去
我心里暗想，一个人还有什么可写，只为送别，在合肥
在愤怒的言论，即可泥牛入海，还有对傍晚的
些许敬重，窗外连绵的是半寒半暖

当然，桃花面目全非，一花一坟头，一峰一辽阔
旁观者不能体会即兴的心态，跟着视野而蔓延、扩大
不明白其中的奥妙，在说着一些我听不懂的话。
最便宜的劳动，传神出超现实意味，和人间
一模一样，直到一个孤独肉身勇闯天涯，改变屋檐下
　的雨滴

这必须，我加以引号："白色"，传说中的奇异的感受
连同不完整的送上一程，尾随着迟疑，例如他的爽朗

我听不到?果真如此我该悔恨。想象精装书本
充满死亡的气味,大风笼罩了空旷的广场
就可以让房东太太盲目敲门,"你必须反复消失。"

曲终诗

至此曲终人散,头一遭体会到巨大静默,斧子在
一边闪着冷光,更深的
部分……被相隔,被看见
从来不变换墙貌,包含了必然的拒绝
最懂得是风化。
人民无聊,我更无聊,为了腹中的晚餐
常常想起世俗生活,那是另一回事。莫过于逼着
自己不断向内,这是必须的。少数的雨声
仿佛不曾离开耳朵,其实不,我只是
被空位坐着,毫无声讯,有时周围弥漫着的黑
挤压着我的一切,使我没有半点空虚
随手就撕碎了一张请帖。

故土诗

唯有俯瞰,才能远离。这不曾作为我的借口,亦遮盖不了对待生活的态度,自然就有了标签和不断的迁徙。发黑的雨声笼罩着可能的意外说辞,譬如漫长的焦虑,都与尺度有关联,对于我,经过文字的转换,才能迎来长夜聆听,呼吸的起伏代表不了中年平和,肉体主义即使是一场自由的拯救,亦代表不了自己的一切。在这里,我感到和她们是目标一致的,不断进化出远景。故土的背后,是难以愈合的隔离(如果恰逢命运的闪电),或者什么也都不是。置于废弃的事物间,远离,目睹浮云变得浩大,似欲崩溃。"在我未醒之际,黄金寻找白银,这伟大的秘密,使我不停深入自己,又不断放逐自己,直到……捏碎嘶叫声,惊起鸟群。"我来得不算太晚,即使我被惊醒也不算太晚,无需显得踌躇。

草叶诗

病体中大面积的草叶,渗出年少的虚汗
一天天,懒于以往的记忆
在高处包含着风暴。服务员一脸骄傲丢弃菜单
宣布提前打烊的时间,多么剧情,和他们
一起真是纠结……相片追逐烟雾
忍受饥肠辘辘还不懂得伤害,"噫!我顶我的肺。"
一地的梦游,像是刚刚从外地归来,这意味着
我是转述者,那么又是谁
在收听我?这一悖论仅仅换取了通电的正午
为了所谓的不动摇,"好吧,我是坏蛋。"
不周围,不作声——无人基本认同
即使遮蔽了两侧的天空,铁丝网也阻止不了草叶
匍匐的疯长。现实有如围观的境界,并不缺乏
阴影和空着的塑料椅,弹指一挥
全都旧了,海滨公园也旧了,这令我感到不适
最后一次扶正,从草药下功夫,还要跑一段
很长的路。如此,我就该赞美
拟声的半透明的云朵?依靠简单且实在
除了等待无尽的漩涡,气氛也只是个假设
容易予人谬误——例如,我不能植根于水面,不能
与对应物相互说明,排名分不了先后
无数个方向,这关乎到迟暮的同类
比起我,更值得信赖

断诗

　　（给博尔赫斯 Jorges Luis Borges）

直到他在我的阅读中起身，重复一首诗的命运。
每一处的回声残缺不全，实际上不能保证夜晚的职业。
就像腐苹果掩盖了蛛丝马迹，语句有野兽出没，在秩
　　序中勉强绝处逢生。
他使我提前失明，在图书馆里不得不长期摸索。
对于独身有限和无限地保留着干净的类比。
甚至影响了我的耐心，诸多的支配偏离了目的，一个
　　残酷的声音。
我更愿谈的，所浪费掉的时间足够他口述粗糙的个人史。
这个老自由主义者，没有悬念是不值一提。
城下的河，似乎还沉浸于他的母语和远足。

誓诗

（致阿赫玛托娃 Анна Андреевна Ахматова）

从不朽的早晨看出你的终其一生，传记仿佛弈局。

致力于克服恐惧，就像翻栅栏的牧羊，嘴里叼着夏季
　的爱情，绕过丑警察。

你想一些事，扮演皇室的少年，戏剧的尾声在耳际回荡。

我数着收藏的诗册，无数译本流传。

最后的好东西不是附属品。

旧作依然重版，无论是独树一帜，或者还是当初的害羞。

灰天地的烬，虚门板的掩，急促扭动身体。

清醒得就会喑哑，在监狱里训练颓废的全世界。

关注身边的每条河流，为回应容颜中的俄罗斯，你第
　一次停下来。

有博览的质感，广阔的版图，可以再作一次拓开的补充。

我深知，毡房一到冬天就会成遗址。

今天的安魂努力保持美德，并且添加木柴。

室内诗

表面的交流是源于我介入两只猫的轨迹生活
很多事物混淆了我的兴趣性,没能看到
现世中的秘密。绕了大半天,就轻易失掉行旅中有分寸
　　的距离
然后不说话了,大概就是这样,隐含着往常的觉悟
这与室内的情景相去不会太远
低调于下午,或者傍晚,仅仅是
重叠的面积,由于它们胆小。它们不是镜子
映照不出睥睨天下的傲慢。多么疏离,仿佛博尔赫斯的
内观,拖垮了我的身子。眼前被什么东西
触动,封皮上三枝草梗已风干
这好比消息一次次稀松。最出色的音乐
夹杂着天亮前的一场雷雨,首次在公众面前
深吸一口气,赢来电影后期的澄明。这非同一般的管制
令我所知甚少。冲动时,反复修复素材上的地图
几经循环,定义了无穷的教育,就像我从来
不争辩。"好,是好的……"或许,还有
在阳台上久远的发呆,尤其是两只猫
彼此若即若离,似乎不分前后,很明显
熟谙的关系被耗尽,正适于用来痔疮和渐渐发福
并不说明有后劲。事实上,我使用过的鞋油
仍将有益于嗅觉的敏感,近在咫尺

禁诗

与以往不同,这一次在隐蔽地与正题之间插入事物
一首诗被禁止流传,辨认并非漆黑一片
最后的诱惑仍遭受众声喧哗

过时的韵律不可读,命名不可靠。常常掷骰子
然后在城市显得特别匆忙。有时享受孤独
有时忍辱负重。而最危险的关系正逐渐瓦解
精确地说,我的存在妨碍了儿童嬉戏。事实上,惯性
  来自个人感受
出于延续性的必要。这一刻,可以在这里找到答案
盛夏的安慰术早已不顶用

隐入一首被禁止的诗,我意味着什么?
覆盖了有效的健康
把鲜花献给大好天气,这漫长的国境线
似乎是安排好了这一切
回忆无济于事,真相至今没有黑色谢幕

衰老可能是我身边的一个人,或者另一个人
在废弃的小旅店里,从茨维塔耶娃到辛波斯卡
这两个伟大的诗人并无任何瓜葛
但很好完成了种族的灭绝

对一首《禁诗》注释,致诗

如今,楼上的音乐已结束,头盔顶天空
是重温感觉的时候了。扑克牌的
女皇,这是在写信过程弹烟灰的姿势,这是老火车助
　　长了
我需要的时间,哪怕是歧路。
"向命运致敬?"——不不,动荡是没有学徒期
它应该呈现落日中的恐惧。
博物馆之外,便是酒鬼的深渊,便是历史
终究要形成污垢。很可能,还会有短暂的明亮
需要周而复始的忍耐,身体无谓的崩溃
使我永远向外敞开,多山地区也敞开。
一首《禁诗》涉及到"种族的灭绝",实际上,这两
　　个天使
她们所承受的各种遭际,不再在后世延续
并且,她们之后亦无后来者
正如戏剧预言:草纸有无与伦比的手艺事业
这意味着多么非凡,从不孤独。

隐诗

读完《百年孤独》，已是初夏
装饰性的小木牌会代替我，隐身于闹市
大门不出，小门不进。鸟在窗外飞过
有很长一段时间，我还在怀想
或者相反，坐立不安，不是屁股问题
关于生活的负面，疾病
几经反复，就必须世故和虚妄？扯淡！
什么群峰之上，狗日的！梦境打滑出界，总之像是越读
越迟疑，白发顿时丛生。
从诗学上看，谜底意味着
艺术绕开了遗传。如果要形容，那就是我背后的
一道闪电，瞬间即熄，重要的是
我不想去惊扰。有时加上这一句
"你所反对的修辞
绝对专制。"这悖论的鸡巴
一直试图破解，弄出乌烟瘴气，也有例外，对阳痿
从不在书本里谈论。
色情偏爱暗示，百年喜欢孤独
黑社会的老大，显得无懈可击，身上有天堂
谁也看不见。一首诗隐藏在写作中
读完它谁也记不住。

盲诗

光明并非用来看见,像瞎子,需掌握必需的要领。
盲!甲骨盲文,盲道路,无过错的相濡以沫。
人有双重屈辱。

在猎场栅栏内打量贴身便衣。
鼓励对生活的原谅,我背后是无边法则
顾不上流动,也不收听,顺便把黑暗的心脏拨得
像算盘一样滴溜转。

当然,最好的绝望在别处。
夏日掠过天空的晴朗,分辨出滥情和假高蹈。
风月乃是高尚者说。
一段乾坤的鲁莽与传奇交相辉映,忍不住引申出白银
堆在门边,无处可去。

如果我沉默,是有始无终,门环是有污渍。
对南方克服不了过敏症,意味着冲动几乎是不可能。
被要求缩小的国土,仍在意识里。
无以媲美,那就在噪乱中请听听:"会有必死的未
　　来……"

言诗

  （赠吾兄冷眼）

需要多少说辞才能在庙宇静坐。
风吹拂"你的脂肪"，背景依然体型健硕，四月是铁
  幕，在镜子的另一面开始。
看样子好多东西暴露在天上，站起来甩落煤渣，最显
  眼的是窥伺。
诡异的石梯延伸，仅仅是与时间周旋，黑茫茫的一片。
甚至扛不住牢房之硬，越来越近的拖拉机轰鸣声，世
  界显得不真实。
展示出烧焦的氛围，天气预报过于低调。
"永不醒来？永不？！"这变态的怀疑，使你理解了
  胎记的媚俗。
比如，死者从来不泼脏水，通过一首诗化身另一干净
  的死者。
很多时候，绝不愿意修正生活的行为，无视于任何警
  示的标志。
身处囚徒和绅士之间谈论诗歌，如此地滔滔不绝。
犹如你在空旷的新疆不禁冷笑连连。

古诗

阅读古诗就是起死回生。
他无所谓,索性坐在沙发上,对白夜视而不见。
它曾经是弥漫香气的草药,一下子回到郊外草莽,懂
  得欣赏近乎无几。
虚构地铁里的蚱蜢,这里,古诗多于星辰,人的命运
  各不相同。
破败的旅店,"在露骨风情之下,你就得忍受市侩的
  臭味相投。"
有时美是危险的;有时颜面要去掉积攒太多的天赋。
他一直这样以为,不受缚于遗嘱的限度,说出即孤独。
没有秘密的人是不靠谱,像假面舞会,差一点发出尖音。
现场的隐喻让他扭过脸去,从不单方面试着去理解。
别担心,古诗使他身后终究有踪迹。
为了平衡,他偷偷培养着慢性胃病。

暴雨诗

无数次暴雨,无数次克制着厌倦。
像他们身后的醉态,这漂亮的纵马奔驰。祝酒词难免
 有空旷的坏脾气。
与暴雨相对,铿锵锻炼了我的东拉西扯,无捷径可走。
雨中狂热的人民,决不说出"该暗的火苗",铁丝网
 纠缠赤色。
这好比警察与赞美诗,围绕厂房的纪念日,并加以改造。
而我正在失去记忆,无需任何主题,人有运势不济。
这本身很无意义,但不能用练习曲来形容,不能用"最
 后"。
时间不适合于稀少,目击证人在超现实主义里长出胡须。
很明显,暴雨在黑暗中奔走,让我早早醒来。
或许再假设更多的命运,都不及最孤独的洞察。

颂诗

出于草稿的草率,需要耐着性子,用反讽喻之
再加上正午的热浪,不须分行,可以足够湮没地界和
　　花事的旧名称
"改变形式才是救赎。"在更暗处,旁观者清,导
　　致模糊不清
这有什么关系?我看不见过去,低飞的星体缀满铁栏
我的写作被另一些嗜好者窥视,譬如颂诗,通过正话
　　反说而变形
还要躲过无数次暗箭,似乎变得空无一物。黄昏不必
　　是轻音
只适应我不停练习假声,放大意义的猜测
或许,是顽固不化的修辞,不顾左右而言他,新的谎言
忙于华美。因此我中止了向南的旅行,无谓省略
慈善事业硬生生地一蹶不振,一切不可解释,只是比
　　喻,歪曲了
降雨量。那自然,应有尽有的队列向后转身,沉默仿
　　佛乌鸦
一点不呱呱,藤蔓以另外的呼吸延伸试探,随时会缩
　　回去
方向偏离更是无聊。如果可以,用黑布蒙上我的双眼
站在高处不用担心恐高症。瞧瞧,这就是我个人的现
　　实主义

并不足以形成经典祖国，漫无边际的建筑，人有许多
　　影子
估计拥挤不堪。"灾难即赞美，需要剪辑成全圆满。"
　　而事实是
我一无所获，不说虚无的片面，有私奔的必要
对于无公害的写作，背后还隐瞒我内心的无情嘲弄

棉花诗

涉及棉花的急就章,是用来反对不朽的标本
这是颂诗的延续,它并不是走向反面,造纸厂开始剩余
龌龊的渣滓史,一如革命后的碎屑。棉花一丝不苟
脱落皮肤,激发想象飞翔的可能,或者更多
这让我感到浑身不舒服,此刻很多人带走了饥饿,能说
 明什么
未来的形象多么旗帜鲜明,这意识形态语言,并不是我
 想要的
仿佛废墟没有任何问题,只是加强你的逻辑,甚至可
 以赢得
无可辩驳的谜面。再这样下去,你目睹所谓的事实
不过是太虚玄,反应跟不上,我不可能一一指出来
丑陋是另一方面,相比之下,白昼显得颂诗的正确性
其实记忆不可靠。尘埃挤进那些声音,仅仅敷衍你一下
这让我头晕了,就算我无目的漫游,从来没有迁徙过
人与自然已无关系,还要忍受谎言的折磨。我因此看
 见棉花
被加工打包,整整齐齐排列,多像毫无个性的集体群众
在暮日黄昏,拥有野兽的骄傲,意味着我们罪孽深重
屈从于该死的过敏症,然后你变得剧烈,或者说最后
 一首诗
毁灭了见证。如果不是眼前的风景被棉花包围

就断无身后的遥远之路，昏暗断无容身的屋子
这本来就是这样，危机随时可能到来，你不担心我却提
　　心吊胆
无论如何人间喜剧永远不会展示幕后的一面，至少各
　　安一隅
虚构的晚餐争夺席位，千里之外缄默不语，很多时候
反对不是最有效，而是我对现实表明态度
哪怕是残缺不全

短诗

　　（致卡夫卡 Franz Kafka）

通过变形的甲虫睁大惊恐的眼神,不可能的内心生活,在地理上的布拉格盲目地团团转。抵制不了他的友人违背其遗愿,尸体的荒谬性不可避免,真实的样子在那儿显得孤零零的,永远的沉默紧靠着墙壁上的未婚妻旧照片。面对宏大的历史,缝隙中的逃亡艺术是必然,"那曾经照耀的,今后还要照耀。"

暗色诗

梦到缓慢的中午，被光线照成毛茸茸的，然后满地琐碎
说来有些婆婆妈妈，杂沓声发生微妙的变化
顾名思义，我是置身在暗色里，与任何隐喻一点都没
　　有关系
从现实看，完全一副不可靠的样子，中年并不意味着
　　会变得阴暗
即使是不善言谈也能博得溢美之词（我曾一度怀疑自
　　己）。正在行走的
和不情愿行走的，也没有什么特别，天气依然闷热
这也意味着我在虚构中消解现实，自身的多疑症即可草
　　草收场
对于他们我显得陌生，这也难怪，在暗色里如何
体现出什么样的形状，譬如我可能是陪衬
或者可能是帝王的蒙太奇，而旁边的备忘录珍藏着幸存
　　的方法
似乎洞悉终极的法则（在断层与无声之处足不出户）
中午的晚期与感冒无关，身份证明不了童稚时代
归结于心中浮现的遗忘和死者，载着可怕的重负（何
　　其相似）
墙上的钟表风声鹤唳，尘世的苍蝇掠过了我的凝视

厌世诗

从昨晚到今日,狂饮不醉,忍受着自己的自由化
同时忍受着同性排斥,还没完没了,引导此处台阶的
　　恍惚,当记忆
处于无政府状态,耳中私通不平等的色情,就会使我
　　感到倦怠。即使我深知
他们的姓名,哦!还需要我学习,这其中的胶片不必
　　提了
邋遢的身体跟随着步伐,直到仿佛,主义诸如聚餐
比热闹还体体面面,让自己假装认同不同的命运。当
　　然,我有满肚子
混账话,或者带有方言口音,他们中途有人退场
散漫于隐形的迷惘,暗场中的影像志,简报里说:"改
　　善会遭到白眼
容易耽误他们。"只有极少数人置于落日的倾晒,镜
　　面映现
未来帝国,由红尘和新心脏支配,走马观花之际,就
　　禁不住深呼吸
我这样想,世界末日是从火焰山爆发开始,相当于简单
　　与容观
他们熟悉了我的身世,像一首翻译诗
包含着颓废和病态,非凡而又大梦不醒

酒后诗

流水已经面目全非。左右分歧的建筑
接纳那些残疾人,拾垃圾者和年少的孤独,仿佛整个
　　夏天不切实际
这是钢筋混凝土,被尘灰覆盖,隐身成无
大夜灯火沉沉浮浮,不禁使我有点走神,这就是说
　"没有人认识你……"他们从我身边经过,搭上车辆
可以唾弃的是传递信息,通灵术卸载掉人声
　"我不眺望未来。"像乌托邦,没什么不好。可能的夜
　　晚着火
裹住漫无边际的混凝土,绵延到被圈养的园林
此刻我用疾病附耳倾听,不关心低胸的洋溢
疲软的赞美与阶级不相干,甚至捷报变得无效
在那里,视力达到极限,美容易不胜良育,非我所愿
少有的细雨,带来我所不屑的人情。这还算幸运
能够从坚硬回到憾事,也许比空气近乎流逝
我乐意指证混凝土中的黑漆木门,意味着前传有身世
抿酒有波光,副作用是建筑拥有不了鸟类
以至于在我回去的路上,与树林看起来并不连贯

旧诗

一直熬到天亮,手里的工作完成。此时我正坐在窗前
不停的转述中,阴雨真的落下;牵扯出抽屉里
的旧布匹,远去的火车已经很旧了。低音不是寂静
而是可能的消逝,显示暗淡的人,或许还在别的地方
那就不形容这个清晨,在一切不确定的情况下
我仅有"轰响的孤独和枯萎",更加晦暗。其实就在
 这里
去日繁多,一首诗难免变得陈旧,我有理由不起身
艳史像是替身的阐释,所有人都没有面孔,常常
使我蒙蔽。一次不经意的火焰,遭遇重复的调子
我也无从知道,无用的事物介乎忙碌着,正好暗合
我认可的生活,眼前尽是风声,犹如无用的颓唐

手艺诗

接受博览,不接受群书。这样的话你肯定不信
承受相同的压力,这不健康的时代
本身与寓言没有什么关系。事实上,记忆
是用来清算,而我不得不用它来显现,在梦中
赢得一场胜利,这的确是炫耀

写作包含着这些修枝剪叶,都统一于手艺
甚至出于信仰。另一方面,背景静穆,这时候恰好
羊群从远处走来,与残忍相互排斥
就算不是可以触摸,也还有内心的卑微

你无法谈论庸俗,也许你热衷于此,但你不能深谙家谱
断句和修辞,譬如干草上的异乡,有不可思议的
爱情,便陷入泥泞,接受双关语的诅咒
不稳定的高傲,带来"苦涩的名声"。这季节
望着还没发芽的树枝发呆

美多么短暂。接受浇水,不接受赞美
修正札记里的飓风,引文是把黑夜说成白昼
你说的对,我确实有"死一般的完整",所以谴责
是必然,在酩酊大醉中沉沉睡去

仿佛是残缺不全的虚无者,不可能全部被揭示
在我身边有太多的禁忌,足以让我吃不了兜着走
因而你所看到的,年纪是不可度量,适合惊醒时的改变
撇开那些枯死的灌木不提,只有手艺摧垮"肿瘤"和
　　"腐朽"
让一首诗战栗,充满轰响,并且秘密地旋转

纪念诗

真正的时间流出时间,舌尖上的毒,继续不舍昼夜
如果戏仿,很容易被道德胶着。而我还得住下去
忍受太多的货币,努力懂得贫穷的弯曲
每一次都使我恐慌,真正的问题隐秘,说明了被耳中轰
　　鸣掩盖
譬如,"唯有在悖论中往返的人是真实的",我无心
　　睡眠
仍将继续浪费。这一次,我把纪念请到纸上
就像把麻花状的绳索请到梦中,那是对胆怯者惊扰,
　　是不为人所察觉
我说,从现在结束,纪念欢乐和灰烬
纪念烟草拒绝成长,落实到具体,这必是新命运回到
众生行列。或者,顺着伟大的传统才能找寻
最后的继承者,在混乱中学习缓慢,在平庸中学习俯瞰
也许这些还不够,但谁都明白,一切喧嚣都是
假象。从前的帝国皇后远走他乡
生死不能讨论,哪怕一纸空文,也会被篡改
就像现在,纪念不过是临时寂静无声,却是更久远的
　　声音

快乐诗

（给吾友邵风华）

首先你要快乐，一个人眺望并且哈哈大笑。
想起若干年前我们畅饮黄河的秋天，我反对大梦谁先觉
那些快乐的，用不着转身，犹如迢遥的现实
又近在眼前，洋溢着古风。我们应该以潦倒睡下去
比一比先不要做梦，要沉醉在重力使一切向下，哪怕
是模糊、秘密、复活，都有无穷的可能性。
今天的主题莫过于洪亮地大叫："看哪，一列火车经过，
　　很长
很长的火车啊。"迎来壮丽，看见云朵，眺望的愿望
是往水里跳，一个柔软的着落点，我说，那段河堤像
　　是古人
驻足过，如今我们一点不算远。你就哈哈大笑
徒步而行，在东营，在入海口，浑身感受到温度瞬时
　　下降
夕阳照亮一片沼泽，仿佛欢快的自然
如果是这样，写诗应该属于如此，比旅程更平淡。
实际上，谁能保证虚无的正确性？我感叹这是背面的
　　残忍
辽阔的天际必须有喜剧，足够你忘却，也足够我
不必醒来。一望无垠的黄，老电影画面在缓慢地后退
隐藏另一些形象史，甚至，定义了你的秩序。透过

拍照的闪光,隔离了冷空气,也隔离了
波澜汹涌。我们不停地哈哈大笑,无非是具有
精神内涵……谈论着消逝,顺便谈到了暴君和信仰。

酒鬼诗

独自混迹于那些书籍，仿佛遥远，又接近纸醉金迷
啤酒泡沫接纳着凉爽，来来往往都是肉身
真的没有什么小秘密，几乎无人相信，一堆废纸
不可能倒转乾坤。我想说，精神分析学显得滑稽
这一次还会这样，坐在暗中举杯对饮，不需要经过任
　　何过渡
孤独的物质臃肿，向流亡者的记忆敞开
嗨，历史往往被夸大了，当然，也被省略号般地
省略了。挥之不去的仍是过往生活，还泛着
悲伤和流行乐。有一瞬间，争吵似幻象，一个夜晚被
　　酒鬼
无所顾忌地分割，在途中呕吐，老年倚靠破败的墙壁
决不听相同的回音，透过纸背看见外省
这么说吧，乌鸦有美梦，另一首诗有迟疑，就像我曾
有过困顿。有时，闭上眼还以为仍在梦里，我没有自救
的工具。我知道现在不适合谈论风月，而趣味是
把衣服一件件地抛弃，光膀子继续拼酒，把光亮奋力
掺进来。秘而不宣的奥秘真是无稽之谈，我的脑袋在

胀大

念头一下子冒出"垂直的指南针"和"坠落"

很显然，我已不知身处何地了，不记得究竟

是纸包住了火，还是火包住了纸，只有天晓得

新现实诗

虚构的写作……追赶着在暗中后退的钢筋
现实的新与旧有什么区别？无非是经过自我放逐，拥
　　有过这瞬间的璀璨
使我看清了下面，有沼泽，有反真实，也有着绳索的
　　秘密
少许的梦与争辩，敞开空缺的大道
我不去回忆它从何时开始，如果可能，我想远离放映厅
这并不意味着迟复的致歉，怠慢身体的转向
慈悲的肺腑，包裹不下一个生活无力症患者
我都无所谓了，更不在乎天气的变化，对现实的新比喻
　　不惊讶
无休止的怀疑却是不能言说的，但一个走神的下午
是有期限的，荷尔蒙最无辜的失效，犹如命运
的部分凝固。从那时开始，我的正视并非无礼
理解了美学的用途，不一样的场景
也决定了不一样的危险和恩赐，因此我取消了赤裸裸
　　的荣耀
其余皆是：在脊骨上用晦涩的诗不必抒情
沉默中的噪音不必扰乱内心

焚诗

谁也无法控制,从喉处的呐喊开始,我把汽油写入诗中
这完全有违常识,毫无必要的解释,一地鸡毛的圣明
如此尔尔,使我难消一首诗的闷热。而此刻
忍受着脱离,就像忍受落体的火团
浓烟加大了苦味儿,这情景的反光污染了天空
在祖国已司空见惯,可以说虚构中的事实,都有背后
讳莫如深的牵扯。在案板中埋头,不可文字
不可窃语。四面是浮云……黄昏看似早晨,避开
古怪的幽暗,甚至,乌鸦抱着静物远去,策划的阴谋
早已被识破,谁会在乎庸俗的树林,我看到的只是
一堆灰烬,确实是"仇恨多么短暂",然后他们
在世俗与动荡的缠绕中相互走散,如此我恰好目睹了
有污点的另一面,也印证着医学的隐喻:一首诗
无可救药。我真的不懂,汽油的味道还在回荡
几乎近似于屋顶上的煎熬,做出消极的反应
每一个环节说明日常的无辜,无论用哪种方式
不能递减波浪的流逝,从远处看过去,也不能改变
内心所带来的不适。实际上,一首诗不过是
把新闻顺理成章,并以冷眼旁观掠过混乱不堪的迟暮

清晨诗

清晨改善了我的沉默。我醒来,总有难以释怀的艰涩
对于诗艺的可塑性无动于衷,雨滴从天而降,随风消
　　散,而光比想象要快
也许是突然骤升的气温,让我变得迟缓,对朗诵失去
　　了兴趣
只有在这种时候,我才会顺便想起有害物体,多么浩瀚
借助清晨特有的奢华,和咽着唾沫的早餐,对着一面
　　镜子容忍了傲慢
就像千疮百孔的修辞,如果不是默不作声,我什么都不
　　能确定
能预约的已经衰老,研究的生活尚未恢复仪态
所有的次序颠倒,没有得到解脱的人,被限制了外省
　　的口音
因此我继续沉默,身体的消失不意味着自由
成长的雕塑过于粗糙,甚至不能修复事实本身
这一点让我清醒,伴随非现实的怀疑,想挽留结果已是
　　不可能
在阳台上凝望,国家形象的反面还在情节之内
客观自有秩序,那一日,与清晨的外面保持能见度的
　　距离
持续地走神,我无法表达更多
仿佛这首诗由另一个人而写,而我在旁边始终沉默

夜游诗

  (壬辰年与孙文波、张尔夜游梅县西阳山庄)

比起篝火的嘈杂,夜色的游荡更让人寂静,
要想走多远就走多远,没有目的,沿石阶而上,
那些漆黑的树木仿佛牵制了道路,只容忍迷途,
要想辨认阴影有多么难,几无进化,以至于趋同。
理解了阴影,我们才能暗藏晦涩,象征被迟缓地隐去,
常常不自觉忽视另一面的腐朽,那就谦让出
人之常情吧,这与宽阔的视野并不矛盾。
拐弯处的他乡,戒掉雨滴,可以肆意猜测,
并且卷不释手地爱上明亮的暗夜,甚至曲折,
我越来越少想起供述,缄口不言孤独的宝座。
只是片刻,登临山顶,仿佛接近云层稀薄的上空——
哦,湖水静默无声,荒草首尾不得相顾,
我指着远处的房屋,多么有限的养生,多么荒谬的劳动。
有时黑暗从那里来,在时间中不真实的风声掩盖了
旧事,作为还原的逻辑,也使我越来越灰心;
有时明亮的事物不在于欲望,一切并不能说明
可以放弃的,如果耳朵真的不属于我,
我又如何将自己安顿……唯一可能的,是万物
集中于我一身。快活不是难题,陈述赞美
和仪式是不必要,凭借那些石头的技艺,
那些词语就会沿着语气和呼吸,找回我们的内心,
就像"一首诗引出另一首诗",息息相关。

江山诗

岂止马匹奔跑,哪个不想驰骋,到河边饮月光。
昨天的绿皮火车有些沉闷,扫平山水,不知所往。浮
　　云变幻多端
远远大于妄想,这比喻太扯淡,或是你羞于将
所有的怀想展开。那里有石头覆满青苔
与植物浑为一体,甚至比这么多年还更久,深入到满
　　地腐叶。
从旅行手册上显示有些人路过,命运多么相同
至少在此刻,被赋予忧郁的密密的云杉林
满耳尽是伐木声,阻挡你的眺望
"夏虫跳不过坎坷。"天空很灰,在你的描述中
它仍是深不可测的蓝,有时你隐隐听见鸟叫。
说江山,就是说废弃的江山一直被遗忘,弥漫着死人
　　的叹喟
以至于无限放大,对应着你内心的乐器
中年的摇篮,插满深紫和金黄,荡漾着身上的旧祖国。
"被肢解的依然是梦境。"穿越时分与边界
区别于屈辱的喘气,沿着缝隙你看到除了漆黑一片
就感受不到一点完整。"对已有想法无从把握。"这
　　无疑是
对你过去的否定。当然,从渺小感出发
惊雷滚动山脉,连绵不绝,在这里,任灵魂出窍

咬噬树尖的剩果,简直是奢侈,也使所有的缺席
仿佛近乎饱满。随后是长时间的沉寂
不说今非昔比,只说江山美人,容留了陌生人无眠的
　　夜宿。

观海诗

（游晋江围头海角并呈谢吴谨程、叶逢平）

慢慢让我熟悉的是一片天然海湾，以半岛的形态敞开
　　蔚蓝
周围丛林环抱，偶尔坐上礁石小憩，高谈阔论历史、
　　风味和往事
而关于生活，我一点不惊异隐喻的波澜，不，不是词语
是醒着的白日梦，脚下海浪拍打着礁石噼啪作响
这还有什么能阻止我们，我不能确定的是，所有复杂
　　的事物
汇聚于"巨大的沉默"？从这上面，可以看到天涯的
　　断裂
这不是我想要的，有时我茫然，猜测梦是咸的
就像白色沙滩。有人在体内说："你已经迟到。"在围
　　头海角
触摸到海风呼啸，几乎是金戈铁马之声，那不过是幻想
日常被反复折磨成嬉戏，仪式在重复中成为劣行
实际是没有掩饰，"如果遥远的国度能够抑制住
这些声音"，必会对历史有另外的洞察
因而我不能沉迷其中。爬坡过坎，云朵更符合狂欢和
　　尘埃的形状
像废墟，多于实际。或者仅仅是我们走得太远
白昼深入我们的归程，风景的全部含义

无非是不真实的场面，最微妙处是今日的模糊化
留给颓圮的城墙……说出即遗忘。这宽阔无垠的大海
陌生的渔村空无一人，隐形的交易促成饕餮
尽管隔空难免夹杂着一股腥味，比穿墙术还出窍
仿佛出自我们肉身的藏污纳垢，而内心保持宁静
热浪中空旷的额头卷起一层层千堆雪

赠诗

  (给C)

他们的谈论有如空穴来风,纠缠了我一晌午
而我还没来得及认识,穿着宽松的衣服,都挤到隔壁
  去了
真叫人沮丧。偶尔的少妇带着教养,并未混迹其中
脸庞这么抽象,在某一方面,胸部有体味芳香
出于偏见,必须潜入暗处才能听到未断的轻音乐

许多种生活变得不存在,事实上不是运气的问题
而是占据本身,一如货架空空。舌尖打了个激灵
沐浴是为了让我获得安宁,我有双深藏多年的手
 "来吧,回到书中精准地阅读"。我的衰老经,我的
  遥远不可及
建筑像是边境,旧疾病完全触动了她,在草丛扑蝶

彼此的孤立只好面对着天空,互相映衬
不用怀疑,他们体面地还在乌有走动
耗去相似性的气力。想想"室内的静电不是好惹的,
  忘掉
下午的时间吧"。转入甜蜜期的环节,仿佛从未离开
更多时候在黑板上留下污点,证明我的解释面目全非

有时应当绝望，只属于我崇尚的老面具
总有变身术把她隐而未见的身体分离，使路线流畅
沉沦的快感大于旅行的连环计。需要长期的忍耐
即使是想法不确定，也要继续延长寻欢的远景
少有的紧缩并不意味着"重复"，也不背离斑驳的光影

怀人诗

（忆辛卯年初夏与张永伟在南阳河边夜饮）

很久了。从酷热截取一小段凉爽，想起在河岸边，几棵树，毫无生趣的小风景，说实在的，这不足以我联想，因此沉默太久，如何谈论事物完全是不用刻意，我说胖子，你的大腹便便不过是现实一种，还包含了早婚和大量人生，有时可以将之忽略。在喝酒之前，又变得若无其事。我对傍晚将至没有什么研究。实际上，我们围坐酒桌，瞬间的差异使我难以忍受，你太能喝了，友人。据说酒后你还不过瘾，夜半偷着出来独自再喝一顿。有时我清楚看见世界在你身边摇晃，南阳在你眼中发亮。我忘不了去年五月初的那一日，一个忘记命运的人，而命运在你的杯中浮沉着，是让人想明白了所有事情。但又从何而起？多么滑稽啊。酒精失效，全部塌陷，你看河边船只破裂，火焰在面影间挨挨擦擦，远处还有轻雷声，我们各自的狭隘，有些回忆不需要翻译和说明，彼此能理解。所谓隐身就像擅入黑暗，即可豁然明朗，更多的时候，你还能轻松自如穿过一面墙壁，我无法这样，尽量忍住用脑袋撞过去的冲动，我承认自己喝得晕乎乎的。而你占用过多的时间，与生活保持平衡，就像片面性的老戏，不外乎是保住形体，和肥胖的语调。很久了，这场面的奢靡被我写入拖泥带水的叙事，上帝保佑吃饱了饭的人民，是啊，上帝保佑吃饱了饭的胖子，并且怀想。

生日诗

　　（给友人——）

火车的慢节奏,依旧倾向于我的慢呼吸,趋于一致
在第二种生活拂去灰尘,深陷其中,以谈论饥饿为耻
普遍性的疾病,带来深秋的感觉。这一次,我不能杜
　　撰你的喜悦
如同错过一个变形的黄昏,需要更新祷告之词
这的确是命运的虚幻,赐予巨大的星系

只有到达目的地,你才能消化晦暗的脸庞
并且自我放逐。似乎史书轻于空气,如果不是颇有异议
换成你也缄口不言。山川入眼全是美景,有时
伸手触及,有时遥不可及,"连天空飞翔着破旧的火车"
因此在你的记忆里,一出生便有润滑的长途

碾碎现场性的花团锦簇。也许,应该梦见自己
在裂口里战栗,梦见似是而非的下午,火焰显得太不
　　真实了
最后在酒中醒来,隐约有着烫伤作痛
我想说出不完善的隐喻,譬如"成长的技艺"一次次
被降解,你看到的一个事实是"在木屑里发酵"

而骄傲,释放出白银般的折射,这将决定下一步

即使路线不对，在林中的树躯上刻下记号，除非浮云
无处可去。现实在咳嗽声中如此陌生，抒情是
多么地庸俗啊，但我愿意庸俗一把
擅长把你的生日说成一分为二的真实和虚无

准情诗

有时,她看到的晴朗是如此干净纯粹,划过枝头,
安静而缓慢地照耀在赤裸的肌肤,像是她的回忆,
不能陈述直白,她想叫喊,这就牵涉到很多现实的协
　　调性。
有时,她向草木致谢,对事物,有了善良和真理,
她获得自由呼吸,或者,舒展地依附着流水,远离了
　　最嘈杂的小镇,
再没有什么可以惊动她了,人马不滋事,失眠得以戛
　　然而止。
我携带上了年纪的心脏,走遍其它省份,
练习新声音,在她的仰望中建立一个全新的关系,
整个世界,融化在短暂的欢爱,"就在你进入的瞬间,
真想死去不愿复活。"她喃喃,微微少有的光泽,
恰到好处,回避了未知而漫长的命运。
这就是在低处得以绽放,暗洞把我带到底层,
我乐于腐烂,至少暮色的来临是不可穷尽。
更多时候,小寂静游动,接近鸣叫,那自然的点金术,
奇迹般点亮了我身下的宝座。

彼此，或拟情诗

彼此的分界线，那最初的声响，令群星黯然失色，
现实主义的威严，抵消了优越感；
窒息而完整的藏书已经倒塌，只剩下彼此的交流，我
　　的眼前
掠过夜晚的气息，仿佛要看透从未有过的远方。
叙述局限于感官，当然，也许不是，
仅仅是奇妙的另一天堂，就好像我的夸张，
来不及从中截取那样。彼此可以不真实，对于我，
显得再自然不过，要是你慢慢潜入在我体内，
你就会有同感，也意味着沿途旷野壮丽。
譬如，命运赐我茫茫余生，你的确看到了
一闪即逝的天空，隐含着早衰症和教义。
再譬如，伟大的宫廷也要让座于一首诗，老国王畏缩，
收回武器，收回压扁的气势，你所等待的
正是这一刻。事实上，门外的雨还在哗哗响，
就像在多年前一直没有停，我想说的是，
彼此没有被淋湿，那翅膀的振动，
纯属多余，更多的是在光线中被包围，被彼此遗忘，
反之亦然，对此我充满了深深怀疑。

隐身于暗中，最情诗

有那么的一瞬，她什么也没做，通过失眠，
忍受着长时间，自我幽闭隐身于暗中，
风有些短暂，继而消失，全部的生活从来如此。
幸存者潜入最深的水底，不过是让我感受到别处的年迈，
戏剧性显示着过去，头脑变得迟钝，
这也意味着她确立了我的故乡，那拐向河流的浩荡，
顺从了我的隐喻，伫立银色的建筑，
犹如场景不可缺少的独白。哦，是的，她留下来，
为的是长久地舒展，我屏住呼吸，不冥想，
疾病在心理上转换最健康。枯坐于门廊外，
她有美丽的身子，像是刚清新出浴。
我知道……内心的深坑慢慢被填平，
或者，被温柔地溢满，这足够我去赞美，
指向下午的魔法。在美人的高山流水，
我嗅到她的体香，明月初照，唯一不确定的是，
——什么样的美梦照耀着她的奔跑，
再然后，有那么的一瞬，就隐身于我的诗里，
一切都将归于侧耳谛听。哦，灰烬里闪现的言辞，
促使我微微鞠了躬，像国王，
恭敬退却一边，听凭她在失眠中催生众花。

末日诗

从情感上来说，我不希望写出来，纠结这一
问题是无济于事。在清晨，我有内心的恐惧感
危险的预言被透露了一半，宫殿隐藏在云层后面
假如命运到了末日，那么我拥有的事物足以
对我惩罚，就像谎言倚靠着另一呼吸
有益于真理般的虚无。你想象过这一情景吗
如果你愿意，你可以让完美瞬间定格
哪怕是虚构的剧情，也会看到草叶沾着冰凉的露珠
身子随之弯下来，不用理会嚼舌的喜鹊，因此
对前途不茫然，正如你不曾离开诗里那样
不关乎为了欢愉，并且可能，字迹出自罕见
的技艺，我知道，教堂的钟声越过破残的新年
神秘的诱惑一闪而逝，更多时候，这首诗的标题
显得虚张声势，即使如此你比我看得更远
喜爱地图胜于智慧，假如命运到了末日
就算在同一时辰，我先于你想象你应该活着
在公园里缓慢地散步，在明亮的早晨
在我的记忆里，像死人守着宫殿的城门。而现在
一只猫还趴在我的腿上，一动未动
静默从它自身溢出，感染进一首不确定的诗

壬辰年观澜山水田园夜饮诗

冬夜在田园显得忙碌,周围的丘陵起伏
池塘还惊起一丝波澜,身在乡村体会不到
乡村的气息,所谓田园不过是度假村的伪命题
别指望像任何人那样享受宁静,他们当中的几个人
我暂时没认出来,并不妨碍我围着烧烤喝几瓶啤酒
偶尔他们谈起晚间新闻,夹加着房地产、绯闻
和不合时宜的诗歌,我回避了这些话题
在我感知的境界有浓烟弥漫着,又被风吹散
显得虚幻无比。为了叙事不留痕迹
不羡天高不慕山水,纯粹是为虚度和消解
我喜欢不完整的夜饮,有时,默契无需酝酿
更沉浸在散乱的椅子里,继续饕餮。草木覆盖噪声
黑魆魆的风车暂时不滚动,在观澜田园
还能看见星星,即使无中生有的小恶作剧,我也
不会说"这是恰当的疏离感。"那旧有的惯性
绕开了我,对于此,我的原意是在醉意朦胧时
还能深知前景不明,保证了自己不呕吐
至少我相信视觉,慢病历一改再改,令我挪动肥大
的身躯,远没有新生活的手脚利索,来不及发出叹息
面对一块烤焦了的鸡腿索然无味

辑三：雨中诗（2013）

寂静诗

其实我一直没有看到下雪,已持续多年
或者用回忆症术语来说,"强迫直至过敏"
对一些糟糕的事情所知甚少,表情无动于衷
唯有寂静造就了戏剧拟声,还混杂着
黄昏的塑料袋,漂浮在头顶,足以覆盖
周围的建筑,看上去是不是有些故弄玄虚
对此我怀疑。在此意义上潜意识的眺望
我称之为挥霍不完的虚无,以及虚无的
技艺,放在普遍的现象这多少不适应性
也难怪,很多人深藏不露,因而雪下得太少
必须沿着佚诗里的道路,哪怕其结果是
接近于陈旧的谜团,我也一样。桌上的静物
不意味孤独的征兆,更多的时候,寂静并非无声
有时显得嘈杂,但有时是冒烟的乌鸦
如同引申出飞行的动词,与思绪缠绕一起
至少吻合身后巨大的背景,如果我有伤口
随着滴答声倒计时,渐渐扩大到形容,个人
过于漫无目的。实际上,曼德尔施塔姆
留下的遗产,是对抗我的回忆症:从雪到雪
从命运到另一个永不现身的命运……

二月，手稿诗

"二月。墨水足够用来痛哭！"帕斯捷尔纳克[①]
的话也许对，但放在今天不轻易说出，
尤其是头顶雾霾，更需要反复体会，缄忍的匿名，
仿佛只有隔着墙，才能传来二月空洞的回音，近在咫尺，
又兼容了古代的结局。是的，可是你看，敌意来自
拉帮结伙的阵容，而手稿维护形单影只的手艺，
就像乞丐小心翼翼而顽固地护着破罐子。
即使如此，手稿中的撕裂不意味着你的撕心，
二月，真的是不合适阅读，只能静默，小遗忘，与哀悼，
或者，是重新归还的日子，檄文在销毁中起伏，
把越来越多的书籍比作空中花园，
顺从落雪微妙的变化，你就听不到身体的响动，
提笔容易忘字，那晦暗的孤独感充斥着病房，
是讽喻我的奢侈么，都不是。按照思维惯性，
远望与个人的趣味要相投，从而我的喘息声得以继续，
帕斯捷尔纳克郑重写下："风被呼声翻遍，
越是偶然，就越真实。"这一句在你四周那么悄无声息，
我并不意外，必要时剔除一点情感，只剩下二月
杂乱无章的踏迹，证明我在手稿上用错了修辞，

[①] 诗中引用的帕斯捷尔纳克诗句，均系荀红军翻译。

品德举止含混。夜半醒来时刻,其实没有别的,
无非是二月大于你的理想,又挤压着大腹便便的倒叙,
对比着我的倒立而游荡的替身,像墨水的黑液态。

火车诗

我不介意二流的火车,这里适合回乡的小奢侈
适合晃动的细节,二流的月色不见其踪
身下的车轮轰隆隆地加速,当然有时中途停下长达半天
考验二流的耐心与怨气,像政治家
与吃喝分子没什么不同。在那里,我们
言无不尽,迎合彼此的呼吸,在日光灯下互相稀释
我究竟说了什么,取决于对沉默的态度。在另一节奏
遭遇了火车黑暗中巨大的扩充,仅仅为了
短暂的设身处地,至少应付时间的那种伪虚无
二流的火车定有一路职业病,身体史的苦闷
我称之为缓慢的救赎。哦,这时代的衰老经
假定一切需要尖叫,那也不能居高临下
即使是颜色异样,最多只能获得冷记忆原理
"看哪,每一个车站无法摆脱他者的引力。"我甚至
想,薄雪可以覆盖,旅程修改音律的美术字
蜂窝再次激活,从无服务到窗玻璃一闪
而逝的反光,空气在草木皆绿,火车戏剧引伸而下
落入隧道,又沿着脊椎,像是无关痛痒的
风情眺望。更多时候,我们应感到幸运
通过这次的转喻,与火车达成了一致性二流的现实

返乡诗

雪落了两天,融化得很快,还有些余热
就像被遮蔽的空白,始于傍晚。我不确定的是这一反向
裹挟着被污染的爱情,糊涂的旧书信,似乎稀薄了些
体会译制片的谈艺,在未来的春天写下耳朵
拖着拖拉机轰鸣的尘烟,隔了一个河塘
拐向左边,比水管埋在更深处的,我已经
看不见,事实上,我所讲述的是不可名状。
有时,糟糕的心情通过整理一大堆书籍的顺序
才能平息下来,更别说未驯化的韵脚;
有时,结束跨省旅行,人事各有其位,一扇铁栅之门
留给格外失眠的挣扎,每一个日子更加
隐于世。或许,在寒流中不能太过着急,遇到
老邻居的背影模糊不清,涌起五味杂陈
的滋味,故乡被缩小在布票与粮票,可以
理解为早年的生活美学,然后与之慢慢和解
是多么顺其自然的事情。走出庭院,靠在黝黑的树
内部的柔软无关他人,具体到时常蜿蜒
最终延伸至可能的觉醒,而返乡之处越来越陌生
或者说完全不同,由此再写下的就是缩萎,反而
见怪不怪了,也意味着一首诗掉进沉坑,慢慢被
遗忘。各种面孔的嘈杂,包容如谜的迷雾
堵塞的墙长满青苔,有两三只鸟低低飞过

从远处看,雪在融化,撕纸无非是两个手咀嚼
所以贪酒的年景绕开草木。从那时起我按时早醒
最小的冒险围攻小学校,潜入老派泡沫
仿佛变幻无穷,祭祖在此处的山水
夜夜通宵,忙于自然现象的消逝,为倒影
为多余的辉煌,像疾病般的悠然信步
四周一片沉默,必然要写下欢呼声,该怀念的事物
成为独奏,就像木人怀藏笨拙的炼金术。

教育诗

早春陷入彼此谈吐,紧挨旁边的木棉花
一星期足不出户,私体温散发出来,有所均匀
你仔细体味,鸟鸣像未来不可得,不显于
张扬的坠落,欢爱时恢复火焰
皮肤比喻缓慢的黯淡。可是你看乌合之众
过去是肥硕,现在无迹可寻。而沉下来的
天晴蔚蓝,在我们之中
朗诵不敷衍,仰望不消逝

春日赠人诗

富于谛听吟诵的春日,加上有限的回音壁,
不必反现实,只需站在远处的位置,
你看见流水找不到源头,还得依赖地图上的延续。

最先在心里隐藏隐喻,因粉笔灰掉落而真实,
上课时有所顾忌。不论世界大小,
平衡术需要私人性质的耐心,
如果再慢一点,就猜测到春风改变自我克服的环境,
玻璃不合时宜地呈现另一景象。

这些很可能容易混淆,也就是说夜晚不可有瑕疵,
无非是训诫。你偏爱过去的规律,
对乱石和灌木亦有不可抗拒的敏感,
如此一来你如何渡过?目睹的自由,
仅仅是出于对爱情的怀疑。

得到消息并不晚。这也难怪,
遭遇一场奇迹胜过羞愧,也不算晚,也许粉笔的停滞
　　被擦去,
相对于乐趣,你的绯红是短暂的,
如同肌肤姿态有许多技艺。

几乎能断言：春日无法遏制折磨，引力偏离重重喘粗气，不屑于风马牛不相及的背景身份。

漂浮诗

死亡掩盖了真相,连时间一点点也算不准
春日里,一群猪漂浮在黄浦江
像堵车,在你们的每一天缓慢流过
在焦虑中成为庞大的队伍

浩浩荡荡的强悍,还不被允许解释
风吹拂着身上的鬃毛,保持社会属性的泥浆
看吧,"我的死与你们的贪婪有关"
星星之火,可以燎原
——不,可以点燃雾霾

一万只猪先于世界,以死的分行冷眼
打量着花花绿绿,衰败的胃口习惯小把戏
快乐被泡沫化,白日被噤声化
尸体安放着你们的病症
在廉价的时代盛行

我看见所有的漂浮,脊背由上帝随意摆弄
用皮囊装下膨胀的傲慢
像一个王朝,终有寿终正寝
寓言讳莫如深
"死猪万岁!"我只能像黑社会分子那样
写下这噩梦般的诗

过往通过灰尘越来越稀,或今日有诗

对过往还有什么感慨良多?你习惯老人的
一团灰尘么?无用的窗户成为越来越多的摆设
就算你想呼吸新鲜的空气
也得先过政治学这一关。哦,你的确是
妨碍了食客们的乞讨
还有他们的观看星象

用不现实的口罩也无济于事,让你以为
咳嗽的样子像偏执的生活
旁边的植物打不起精神,所有的厌倦来自一场
失败的变色术,过往被反复稀释得一干二净
甚至丧失了方位感

满目到处是灰尘
怎么说才好,雨水袖手旁观
仿佛你要去的不是火车站
而是滑稽的妥协,事实上,你所抵达的地方
最终还是原地。今日,只有不靠谱的一首诗
阻止你感怀

命运的细节不需要
向老人去辩论,无论如何还有一套办法

通过酣睡可以忘乎所以
至少外表像植物,内心被云朵簇拥
才能打湿下午的暮春

七日诗

1
花儿美妙于遥相呼应,它们有如
无过错的帮派,需要缓慢适应污染。
打个小喷嚏有点相似的扩张,
也使我浑身有蜕皮感,很简单,
那里的滋味不好受。这么说吧,我是忍耐着
对幸福的客套,无非是国家的扯皮,
就像阴暗的生活与新观察,
构成了火拼,之后会落下后遗症,
可琢磨的地方多了去,这简直是坏消息,
我理解不了对花瓣的过敏。
所以,风看起来更大了,似乎要充沛空气,
尽管我不觉得会令人精神振奋,但容易印证了
花儿做的梦远远多于一地的不完美。
暴雨将至啊,另一件事情是:我撞进
一个不相识的人的身体里,还没被弹出来,
只得被迫跟着他奔跑。

2
还可以一直孤独下去,
直到它不再孤独,从这个角度上看,
我是守着神一样的富有,常常空出广场的阶级性,

有时可以对镇静起作用,但有时要花多少时间,
才能回到嘈杂。不妨说,
这里的风景很美,加上庙宇,
不须招牌的炫耀,可以从内心
旅行至宽敞的全世界。再抽象的孤独
不过是大多数空白,这就需要充填点什么,
比如,用光线形容沉默,
无尽的赞美诗,配得上未来的阅读,
以至于更多的际遇代表着距离。
这也许是事实,我甚至
想象到倾盆大雨的那一刻,就忘记了
它本身所带来的孤独。

3
说起来的确不顺手,从书籍搬来大海
这不同于一些唏嘘,通常,它就是深不可测,
也使你显得与众不合拍,星期三避开
政治的低级趣味,很明显,
你不能屈从庞大的铁笼子,
意思是"剧情不合时宜",这个解释太扯淡。
即使是空中花园,停留不了旋律意识,
有限度的神话是最安全的,
不要说国度的下流,
单就花下的诡异,代替了红灯区,
这是你顾及的敏感问题。人生有欢爱,
你可以用来揭示知识分子的面具,

触及沉默的可能性。
反阅读刺激不了神经,
就好像大海逆流而回,你顶多是不合群。
偶尔你怀疑失眠,仅仅少了必要的弹性,
如果是这样,正好解释了
手为什么越来越不顺的所在。

4
比喻有些荒谬,去菜市场不一定采购,
白菜不一定配萝卜,更多是脏兮兮的露馅。
其实,谈论在案板上已缺了一大块,
破裂并不留下痕迹,仿佛一个转身,
我更是自惭形秽,说明生活像鱼鳞
尚未被刮尽褪净。由腥味构成的气流
也不例外,我看见抒情之诗
尽是胡诌,哦,还容易脚下打滑。
我承认悲观主义确实是离题万里,
在傍晚,灯光似乎更隐秘,遥远如
没有来得及打一声招呼。有时,
酒肉包裹着个人抱负,催眠术被忽略。
事实上,这一切与写作无关,仅仅是拥挤,
在菜市场不得不使用比喻。

5
这还要我说些什么?
整整上午的静音症,源于体内的不走运,

慢得要命。手势继承了权力学的遗传,
与此相似的还有隐瞒危机。
气氛制造到夸张程度,
像是一个冷金属世界,
考验我的辩证法,这太不正常了。
所以,我不奇怪自行车
带走破旧的折磨,其他人肯定在上午
不知所踪,然后下午变得井井有条。
更多时候,用数码历史当尺子
测量巨大的谎言,
最主要是,刑具显得无懈可击,
随时鞭打我们病殃殃的嘴巴。

6
正如你所想,
生活被罐装化,所有标签被撕去,
对此我无能为力。
虚构自己以避开丑陋的现场,
唯一不确定的是,虚构出来的另一个我,
有没有未来?假设是流浪汉,
拎着一瓶酒躺在墙角里晒太阳,
我不敢正视他的眼光,
他可能就是另一个我,
但你是否理解了置身其中的变化,即恍惚于
那种似曾相识之感,我也许将他错认,
需要澄清的是思想史并非来自涂鸦,

按图索骥就可以寻找到出站口。
我一直觉得，润滑油在另一个我身上，
至少起到了很好作用，
正如你所见。

7
今天是第七日，我惊讶于指纹
被抹掉了，使绞索变得失效，软乎乎
缩成一团，铁屋里的美学降低到零下一度，
如果不出声，那就不用胡思乱想，
更不用担心泡沫不断加剧。实际上，我从未想过
审判的消极，或者说不再看得很重要，
就像我与一部旧电影，相距遥远。
第七日始于少有的一场雨，不仅如此，
炎症在别处再次发作，但我感到陌生，
哪怕只是寻找一首诗（这需要寻找吗？
叙述更加混乱不堪啊），也得要打点吊水，
所以我说服不了自己。当然，
假如还纠结这一小环节，那记忆中更多细节，
就这样不了了之，也不意味着我得以解脱。
或许，木门发出黑漆的吱嘎响声，
会促使我绷紧了肌肉，继而
把衰弱的神经给挤出来。

最后往往屈服于风暴，与友人诗

我一向对谈论涉及到狂欢
保持警惕，因为很容易感染我，
让我来不及思考，躯体会长出多余的手脚，
我无法控制自己，或许，这与现实主义
没有什么关系。在更高的位置不等于有经验，
像蝙蝠偏离了定位方式，它的确
不应该出现在这首诗，在我们谈论中，
总是莫名其妙引来超声波探测，
理解了这一点，不难准确找出天黑下来的临界。
我更愿意相信，在规定的时间犹如流亡，
荆棘无非陪衬。除了天气，即使一片风平浪静，
我仍然闪烁其词，提到的躯体表明伤口
不过是一个幌子，带有可疑的招供，
单眼皮一眨眼能把黑看成白，
弄错景象不是出于偶然，从性质上看，
完全处于一派风声鹤唳。相似的沙画结构，
实际对我而言没有多少把握，成不了气候。
站在围墙下只能避免触及对话中隐蔽的导火线，
直到围墙遮蔽了事实，天昏地暗得伸手
不见五指，而我知道五指具有
自我欺骗的效果，引用僧侣的避世让人不堪，
我承认谈话给技艺夹带了弦外之音的愤怒，

还得怎么考虑应付蝙蝠的试探反射，
很可能，拯救并非必须，不朽纯属腐朽，
最后往往屈服于浑身颤抖的一场风暴，
使这首诗难以阻止崩溃。

读阿赫玛托娃,一首未完成诗

为此我把她的遗忘、陌生的暗影、
最后的祝酒词,搬进自己狭窄的
客房。至少看起来,就像公众场
合下的那种厌倦,压迫着半个子
宫。在虚脱的同时还憋了一口气,
更多的是复杂的纠缠,她有不相
干的死亡,对腐烂的未来充满敌
意。确切地说,我的客房成为她
的皇室,烛火映照反文本的后半
夜,一场毫无征兆的梦游,仿佛
颠倒了我的生活。如果不想保留
必要的怀疑,试着为她打开窗户,
并不回避流星坠地,不可有交谈。
通过一列火车不断变换着风景性,
背负孤绝般的疾病,哪怕是短暂
的,论证了写实的材料或可能性。
事实上,她没有说出来的潜台词
是:在你的阅读里,你没有完成
我的命运,今后推迟仪式的结束。

雨中诗

下午的雨下得急切,有别于往常阴沉,
可能淋漓至极,双倍清澈,让人漫无边际感到久别。

没有什么比雨中更宽广的粗粝
比之安宁或踩着万人中的自由,更适于下午的突如其来。
如同混淆,一切流逝或完好如初,
被粗心的人随口说出,我确信这短短的一幕,
深入了幸存的记忆裂痕。

少有的高傲,在我身上也许带来另一个臃肿,
像是等待,除了面对空荡荡的街景,
没有别的选择余地,
还需要我找出怀旧的理由?

结论为时尚早,如果这样,
我不反对下午的颓废,更多的沉默
意味着听力强大的安慰,更多的习惯
意味着写作的无可指责。

类似破败的事实不容回避,"整整一个下午
梦见老虎……"在密集的雨中,
使用很多赞美诗,

是为了等待这一句最好的降临。

任何衡量抵不过一次梦见,仿佛我只是被老虎
梦见自己冒雨行走,消失在宽松的下午。

短篇诗

早晨的慢时光被虚掉。
你不懂得病状与曲折的关系,一定是
唱针读取了剩余的记忆,公众身份退避到暗处,
留声机好比与现实的对应,让你慢下来,
慢到你意识不到另一些人的快速,
音节成就后面的天空,隔着扩建的未来。
凡凌驾于辞典之上,觉悟是难免的事,
命运中的黑胶片,也不是随便
能拨弄的,运用天赋原理,正适于四壁旋转,
就像经典从未远去。假若你
栽下植物,早晨就会酝酿缓慢的孤独,
那是发黑的部分,不须你留意,关于身体的绿林史,
兴许还会碰到许多异性。
领先一步还可绰绰有余,事实上越是深入,
缴械就越难度大,而后退是必要的例外。
世事没有任何破绽,从病状到曲折,
慢时光隐藏无数次复活的可能,
所有的飞行,这确乎是
赤裸感的现场,
并且对你只字不提。

匿名诗

说起来，有些事尚未隐喻完，在三点钟
就变得一文不值。记性像漏了底，最多只能见到底，
这让我显得哑口无言，
坏天气放低身段，带来高峰时段的暴雨，
建筑物热衷于涂脂抹粉，看上去还不够形容三点钟的空
　空荡荡。
需要一块黑布蒙住我的脸，以避开
很多的熟人。睡眠难以塞满整个房间，反过来，
如果匿名的暂住证能轻松
应付检查，那么三点钟在一首诗
还会连续下去，不至于失语。
这样做，肯定不是为了甩掉祖国的禽流感。
很多时候，站起来不意味着练习憋气，
可能是伸肢扩胸有点傻，也可能音量太大，
更可能是我经常乐于被蒙蔽，
并遗弃多疑的尾巴。有时我感到自己
在炫耀迷恋症，以此类推，或许把工业化的凹凸感
比作历史喻体，记性再随便些，
可以在这么长的时间让自己舒服得多，
我根本不用想那些事，或者假装不知道。
楼梯上的台阶数不过来，这也许出于
匿名性的需要，爬上还是爬下？不轻信俗不可耐的

技能，
很显然，这首诗过于漫长了，
还是变得一文不值。

江山美人……另一版本诗

我的阅读不合适俯身拾穗,本来不具有
同等意义。间或自沉于色情的标题,由
谶语说出"宿命如水银,缓慢地流过传
记",很自然地,这个嗜好显得我不能

左右逢源,处处碰壁;相比之下,遇到
早年的一段情感史,是有缺陷的,就像
在怀旧课里没有留意一首诗的版本,而
我早脱身而出,即使还拖泥带水,这就

有什么关系,只热衷于隐身的秩序,所
以世事无从说起,近似的神思恍惚,释
放出流亡中的江山,哦,这就说明眼见
不一定事实,仍然算不上另一版本。我

认定的教育原则意味着沦为笑话,书简
卸下组织生活,江山卸下节日高消费的
美人,光这一点还不够,我还得放弃波
兰以及波兰里的米沃什,使巨大的回音

成为我身上的秘密,新真实也许不可理
喻,或是周末在地铁里示威,似乎少了

点锐角,正如我从命运的沿途中揪出烂
醉如泥的幻术师,这并非有违方言协议

必定与我无关。尽管如此,室内足不出
户,最常见的剩余价值,补充进发育不
全的阅读。"江山美人",多么美如斯
的句子啊,使这首诗拥有了高傲的亡灵

晚安,亲爱的地下青春诗

此刻风伴随着变异的口音追逐
类似冷飕飕的微光
我指的是灯全都黑了,她的近代史无法企及
孤立如我插不上话

我得感谢青春,加上在阁楼上做梦的尸体
在最后有效期的这一年
她还得蠕动着做梦
逼迫我困惑于天黑之后很多秘密

消逝的岂是喧嚣的人形,地下黯淡的超现实
单独与国家记忆隔开
我看见她遭遇的变体羽毛,仍然
算不上接受悲伤和缓解

在熟悉的医院里她不停地喘息
医生教育她"这不是达到极限",那临时
冒充死亡的声响
试图对我交代清楚

这恶劣的典型构成古老论争
带着标语的集市生活,这么多尸体

迈不开脚步，早孕的恋爱蒙蔽了夏日
似乎在想象中宣布："赤裸如残忍"。这还不够
我正视一切，也许早该忘了
她冥想另一些陈述，很可能出于
陌生的旅程

晚安，一封我尚未发出的短札，去死吧
晚安，亲爱的地下青春，去死吧

援引诗

"这么多年过去,街头依然是我的遗产。"
——臧棣《唯有燕子为我们援引宪法丛书》

在暗夜中呼吸的不是耳朵,而是庸医
不安稳的觉,自扇嘴巴是重口味,千万不要去打赌
一赌便输掉遗产,仿佛孤独的士兵失去秩序
街头除了影像和很多装饰,还有无数雨滴
或者换个说法,一只耳朵比叙事更懂得
另一只耳朵习惯了妥协,这绝不是
最后问题。姑且清醒着,黑乎乎的风声
不绝于窗外,也许祈祷还不够具体,但我继承了火焰
比倾听更上升到危险的梦。以至于低飞的
耳朵,向旧派女性敞开:一首诗可以
援引漫游,援引缓缓涌动的棺材,看上去
连插脚的余地都没有,似乎是
在疑惑如何避开漩涡中心。是啊,这不是
我一个人能左右得了,哪怕街头的慢车
一辆一辆空荡荡地经过,也不能证明
众多的堕落消逝于冷空气。那自然,遗产
暂时影响不了她,需要另一个地理
和坚硬的血肉之躯,直到天花板被盯出

一个洞来。多么熟悉的面目啊,接下来或许
一只耳朵通过声音追逐另一只耳朵,犹如
看不见的细线,牵扯着我那巨大的轰鸣

从飓风到行走,或晚春诗

飓风裹紧了建筑,人群切忌逃离
因为未知的随大溜
容易把我引向更黑暗处
下垂的闪电隐而不发
而晚礼服的风度,肯定不只是制造了最拿手的气氛

我分辨出两种时间,没有什么比易逝更能触动黑压压
　的乌云
就像体内秘密的压力,它涉及私奔的乌鸦
或者相反,忽略慢生活的琐碎
不在乎最低度的信仰
你会遭遇到诸如此类的怀疑,也意味着不能说
天色还尚早
即使你佯装耳背
但自我的背叛加深了变形

从飓风到行走,需要错开一个礼拜的单向性
假如语言的泡沫
一直宠幸着你,那么在晚春
不会感受到夏日实际的美艳。我只写下
"丰腴的风景经过我",另外还要写下"厌倦时
插进流浪汉最浑浊的鼾声"

一首诗犹如飓风
逼迫你行走

直到这一刻,晚春混迹于
糟糕的广场舞,这更嘈杂的记忆
显然被你混淆了,甚至体制的小练习
很有可能危及真实性
因此不宜久留。我不能说理解了深不可测的隐喻
四周摇曳的树枝,再乘以
妄想症,等于是,骑摩托的巡警
在一首诗一路呼啸而过

自画像诗

　　（致广子、赵卡）

我有意忽略了新病症，我深知它的力量，
属于夏日的痕迹，这是一个谜。
这并非精通另一种人生的器官，正如因果关系带有
势不可挡的感染，即使转移潜伏期的同义词，
我还是没有及时两手做好准备，
难怪被医生在窃笑。美德等同于
不可能的可能，这无疑是来自公差途中的
戏剧性，怎么说呢？私下里
漏落了一段重要环节，或许是不适时宜，
近乎悖论，盛大的夏日长出新枝条，
表示十年前分离出来的另一个人，
掩盖了我的变化，哪怕是噱头。我的意思是，
谈论一向擅长于减轻，这次我早看穿了，
也许应该重写，譬如虚无和密码，肯定着签字。
少许的神秘，层层泛起微尘，
渗透到新声音的趣味，新病症依靠我的幻想，
仍算不上这个时代的不可选择，
看上去它远远没有结束，
　"为了撮合被割断的动脉，过去和未来
都指向了现在。"必要时，请允许

我把这话提升到橙色预警，对应夏日的
加速度，向树木的遭遇学习
另一道闪电。

假象诗

（致臧棣）

试试看！烂泥扶不上墙——果真这样吗？
烂泥离神圣的墙壁太远了，其实，车厢里的客观性，
不超过短暂的消极态度，所以你看到我的
奇怪的另一面，比如，烂泥不一定用醉
来形容，墙只是过渡，可能对你还不稳定，
这关系到你的丛书，因为你清醒，
正如破碎是最出色的完整，或许不一定非得完整。
撇开诗学不说，现实的拟人，未免与宵夜的
声誉不连贯，这也难怪，假设一首伪国家诗，
是最正确的误读，那么形式上的炼金术士，
不过是假装做梦，完全太不可靠了，
有点像伟大的迷信。问题不在这里，
我得和你谈谈"激情的尺度"，试试看——
周末近似纪念的勇气，但不等于语言会内藏
私人的解释，意味着"喝酒喝得繁华，
读诗读得寂寞……"谢谢，也许合适这样的结局，
比起记忆更深刻的假象，实际上我关心的是
墙壁有没有无垠的存在？无非是
隔着时间推倒。我相信你理解了汗流浃背
的肉身，似乎表明醉如烂泥
不需要墙，还要忍受下一轮激情的呕吐。

在宁波,与雷喑诗

说实在的,之前我并未见过他一面,
但有什么要紧?今日细雨绵绵,"我,胡子,公文包,
少发。"这话足以我想象他是什么样子,
像盲人摸象,我摸出了胡子,着实有点担心,
会不会跟稻草一样乱扎扎的?他以为运气好会隐身
于黑黝黝的影子,这么说吧,被他所理解的
私生活还没有完全展开,唯一不变的是公文包的颜色,
没错,一如我想的那样,一定有时过境迁
的抒情,不同于盛年的好戏。
不用奇怪,从前的沉默本是难以启齿,
有时互相只差一步之遥,感伤就像雨打在脸上,
他的到来确实是完好如初——这还不包括
少发;但有时,我可以直接忽略
所剩无几的时间,即使是不可抗拒的。
有必要考虑到我们各自是上了年纪的人,
新脾气是覆水难收。在宁波,这一次
我如实相告:"我,胡子,帽子,短裤。"堵车是
在所难免的,至少我排除密不透风的那种风。
搭上破旧的小货车,说真的,
这个有趣的情景仿佛重回牢笼,让我不禁
忍俊,以后他再也不用拐着弯子绕开我。

胡诌诗

好吧,绍兴的三瓶黄酒完全击垮了我
以至于我昨夜失忆,彻底想不起发生了什么
友人帮我补充了真相:摔碎了杯子,举着拳头用力
敲打桌子。我无法理解自己的举动
甚至怀疑补充记忆的真实性,简直像悬而
未决的部分,我不打算把他们的说法
进行修补失忆,也许他们说的确有其事
事情本来不复杂,这取决于我接受或不接受的问题
如果我不接受呢?这是否像从未发生过?
或者,这么说吧,我那一段失忆的所为
是我身体里另外的我做出来的?这看上去好像
与我毫不搭边,或许闪现热气腾腾
的样子,赢得性情中人的声名
其实我想过不是酒的问题,毕竟
事关到自我控制力,让我在体内疏远了
另外的无知的我,换句话,清醒是远远不够用的
还能听见内脏秘密地活跃,一如窗外的雨景
我眼中看到的不一定默化为记忆
一旦说出,最终是背离梦境。所以,那就好吧
趁我还在绍兴,赶紧写写一首诗对失忆修补
彻底遣散掉昨夜滞留于一身的醉意

海滩倒影,或散步诗

傍晚时在滩上走走,它以倒影的形态
与你互动,以波浪起伏与你互动
可你似乎无动于衷,我指的是
辽阔容易让人走神,走神到内心远远还没有铺展开
脚下的倒影就琐碎……对你来说
是反光起了作用,或可称为奇异空间
当然此句与我无关,谁没有意识到
自己在散步,这儿没有多少人,即使
一个半裸的女孩一晃而过,仿佛
只是摆设而已。你究竟走了有多远
我没有注意到,事实上你是我
走出来的神,还用说吗,我几乎
快跟不上你了,在大海停止之处
让人最没有缝隙。不同的是,我反复
漂浮、沉淀,而你静静
陷在这里,彼此并不领略。如果你
坚持排他性,那就回到原样
但毕竟回不去的,必需的距离
不会产生美,只会让我知道在生活当中
保持人性的两面,正如你不能完整
渗透到我。海滩类似的静止,无非是

亮敞的好天气,灯塔可以交底
当我回过神来,我已走得太远
你亦不否认涌起的厌倦与一场挫败感

立秋诗

一开始就隔了这么久,花枝带来风尘美学
再怎么起伏,无人可交谈
相比之下,地理即火车站的路线
途经不过是必须保留的悬念,包括陌生化的速度

理解了这一点,立秋接下了一星期的雨水
真要是给它起名叫渺茫,那就绕开它
在拐弯的地方遗弃更多的预示,这完全用不着
或者,山水比旧诊所更能治疗
反季节的闷热,这没什么不好,就好像旅行生活
可以非此即彼,看上去外表自我放逐
膨胀的体内胜过模棱两可的面孔
所以,记忆通过具体手法
接近于委琐,除了有效的失踪
一个星期对应了所剩无几的现实

对此我丝毫不足为奇,多数情况下
多疑症并不缺少藤茎的试探,仿佛不着边际
的救赎,锻炼失眠,甚至是
传统的婚姻关系,即使靠不住,至少还有
我们的胡诌,要隔那么久才能
在糟糕的天气摆脱纠缠,而单程的立秋
不啻于掺杂了我从未草签的合同条款

恣意诗

时间实际并未出于狭窄的需要,
如果装饰阳台的近景,比如经济计划的盆草,
它是被我完全开放出来,但不意味着
经受摧残,这似乎取决于两只猫
神秘的游戏,怎么说呢,我明明知道轻盈的
象征性是如何敞开的,小心得连隐私
都被寓言掩盖过去,原则上对我影响不大,
换个角度,暴雨一连续下了几天,
我还痴迷于没有卸装的剧情,
几乎不真实,确切地说,
日日新根本不能如愿以偿,多么滑稽,
就好像建立尖刻的近景是徒劳的,
每天难免发生牢骚,在那儿,
我才有机会发现飓风混杂了
坠落的孤独,这涉及到上帝将毁灭
转移到别处的秘密。另一种伟大绝对不会
缩小范围,它随时在我面前出现,
猜测暴力不受两只猫的倾向,仍然算不上趣味,
很少有电线杆延伸到未来。"从近景到
不真实的暴雨……"这其中的意义
来自遗忘——仿佛这首诗随着猫的舒展,
在远处恣意,独立于雷电谎言的聒噪。

拟胖子诗

   （赠温经天）

好吧。我说的胖子只能是我眼中的这一个，
来自第一印象，摆脱了以往的偏见。

呐喊多么危险。假如夏日能够承受
暴雨增大的话，那意味着一个名字能像胖子，
有别于早晨的肉身，只需读心术，
很容易理解了伟大的差异，传说中的脱胎换骨，
并不取决于某个例子。任何经历过的，
比如误入歧途的同行指南，只识星图皮毛，
就难以体会到虚无的漩涡。这么说吧，
从原点到被驱赶的异地，漂浮感的仪式，
都可能是最残酷的修辞和语法，
最小的孤独规定大胸怀，尽管啤酒泡沫
来得如此猛烈，但是显然，最常见的还是
亲和力隐藏着敏感，空气微妙的波动，
更能感受出来，这就是我说的屏息，
替换客观的位置立场。也许生活轨迹
偏离了我们的名字，再怎么变化，
唯有胖子称之为户外的不拘小节。其实，
关乎现实的不可超越性，是不能随便
依据彼此雨中的对话。

所以。通过鱼目混珠"甄选暂时的主人"①,
这就触及到诗,储藏了神秘的金属记忆。

---

① "甄选暂时的主人",此为温经天的诗句。

麻醉诗

哦,上帝,我说的本来不是麻醉剂,
在这之前,印象中不曾有过这样的遭遇,
——不,不,关键重点不在于这里,
完全因为牙齿的两个星期战争,迫使我这一次对医生
提出了打一针的要求,巨大的疼痛有可能
不领略剧烈,任何进展中我只相信
好于软硬的睡眠。但是,凌晨五点钟
一不留神触上梦中的地雷,几乎是
搅拌出了八月的秘密,其次就是
刺激后所产生的分泌。所以,用麻醉
逻辑成半边脸,甚至半个舌头,
这不外乎是,医生是否理解了陈旧的嗓音,
或者,把微微鼓胀的耳朵
与植物的隐喻阻断,像秋日被加以缩小,
忘了黑暗的波浪,上帝啊,这可怕的牙齿
在战壕里拐了弯,比被蒙上双眼还要
确信无损宏大的说法——好吧,
我坚持回避麻醉现象,仅凭借一首写坏的诗,
隐身于松弛本身,闻到隔壁煮菜的通俗,
别说酒精,非修辞的猜想,
也不妨碍我提前回到无所事事的街道,
简直令我抓狂,"哦,医生……"

时间仓①，或月湖诗

送别的宴会已经开始。
但在开始之前，诸友先把各自的时间储存于
这里的建筑物，哪怕是最后一次，
我见证了江湖上的无限自由，局限于一长排的组合桌上，
隔着门，晴朗的日子不曾有过放浪形骸，
身边多了以往的植物，四周墙壁随波逐流，
仿佛在月湖公园展开更深的探究，
对任何人来说，那少年的碧绿，
意味着是另一种松开，
诸如时间仓，生活就是我们卸载
下来的时间，或者，没有台阶的命运，
并非能比喻坦途顺利，直到月湖——
一个宁静的关键词教会了我如何溺水，
不必挣扎。很可能，还嗅出了
隐约的溃烂，这似乎是现实中
不涉及残留的水泡，比起普遍的
影子更能接近于寂静。可现在，
已是深远的秋天，何况温度越来
越高，当我起身离开时，预言的未来终究
不会实现，狂欢的救赎还是
退回到酒醒后的教养。

---

① 时间仓，长沙月湖公园餐吧独特的名称。

后半夜诗

从后半夜到福音,不等于我们亲眼所见,
你很难明白草香清澈的意味,正如是在这个年龄
语焉不详,只能隔离着无边的折磨,
如果失眠有效,夜风就会怀抱缠绕一团的影子,
甚至一大片云朵压制终点站,也预示了
一律按规定排队的深渊。这么说吧,
从后半夜开始,你可以一再忽略在城市里
不能自拔的指路牌,但不能无视
白昼的铁丝网,要知道,它以后会在
我们谈论中走样,直至消失,这其中肯定
接近于一个更高的暗示。作为报答,
所有的秘密将不成为秘密,至少敞开到
让一个人成为完整的人,并得以
短暂的喘息,所以我洞悉了你的冷噤,
诸如沉默比"灵魂的灰烬"总是挥之不去,
波及无聊的购物时间,就好像诗先于你
成为我唯一的经历,还裹挟了
太多的硬币、晚熟和羞愧,表明我
在后半夜急切地扩张到空气中的浮力,
不仅仅看上去练习隐秘的飞行术,
仿佛闪电,这本身也是被你误判为迟缓。

中秋诗

天气这么好一定有原因。在异地和车辆的
反光镜之间,我尝试选择了后退,
不必添加别的通途,他们有大把时间治愈,
就好像植物相信积极的栽培术,这可以理解。
如果借助于催眠,很容易回避月亮的引力,
但引力未必不产生歧义。也许对我而言,
不依赖血统就能修复舌头的记忆,
剩余的玫瑰将不会发出暗香;有时,
故乡通过旅途越来越远,远到甚至愿意
用世界观克服现实的荒谬,即使是隐秘的替身,
也不被他们一眼认出,确实是成为我
唯一的供词,如果不被曲解,
其区别在于继续扩大化
和隐含黄金的方言,从明亮到复数面孔,
谁敢说他们没有适合的农药师;更多时候,
后退到眺望的站立度,直到草木低垂,
中秋将至,就如同古怪的治疗法,
精通命运的杯中之月光,足够他们去交换,
必要时,向下一步的幸福致敬。只有
那些难以捉摸的灯盏,无不在
河流中摇荡,且看这一刻,"围绕着的空虚

像是真的,不用问原因。"相比之下,
一首诗与周围的环境毫无违和感,
所以现在天气这么好。

悼诗

(悼牛汉 1923.10—2013.9)

诗是神的骨头,像是从未展示过,
我听到腐烂之后的声音,必须忍受皮肤的监狱,
即使神循路而来,骨头已嵌入诗,
但语言无力改变全部,很多事情丧失了
明亮的细节。所以,拥有坚硬的底色,
意味着深渊,命运抵消了尚未到来的新现实。
局部的安睡,雪里透红,更接近于色盲,
这算不算否定?我怎么会知道——
只有减缓的旅程,哪怕是沉默如死胡同,
就不能不探及内心孤立的悲苦。
或者,和落叶一起不用担心呈堂证供,
对比日常和虚构的小历史,
哪一个可信?事实上,悼词
是有效的参照,直接撕开裂口,
就好像我们的尘世史,来自自身的滋味。
如果必要,诗,随时敲打
我们仅存不多的骨头,免于遗忘。天边的
云朵显现出神的透明性,久久
悬在我的头顶上,唇齿颤抖……

游羊台山,登高诗

我渴望中的登高,诗一样的林间
被风继承,妙境于金黄的见证。

有时,少数人从山顶口返回,寂静的
过去灰尘和荆棘,只有时间获胜,
像是语言背后的隐喻。

登高不知高!还包括了那么多凌乱的脚步。
登高不思人!通往可疑的隧道被堵塞。
蝴蝶有死的形态,就像我躺着喘气,迷恋着
蝴蝶的翅膀,被一个警察没收未来。

版画上的大片大片云朵,戴着石头面具,
我触摸到变形的祖国,偏向于遮蔽,
如同水库在镜头闪着泡沫的反光,
我无力于神谕:"我害怕看见,害怕火焰和它的燎原。"

那些石阶向下空空的深渊,可能是群山尚未脱离颜貌,
倾听往事的小假期,但是不管在哪里,
我用事物拴住虚无,并酬以
果子一样的月亮童年。

这确实没有什么好顾忌,倘若老妇人的博物馆寻找

旺盛的残骸,我是不是应该羞愧,
只为被窥视的生活,距离越远就越易被打扰。

不同于弯曲的行走,写作并不影射
笨拙的暮晚,毕竟,植物还没来得及被重新命名。

平沙岛，或平沙诗

平沙不落雁，我能感知十月盛大的雁群，
看起来像是观察的末尾行动。

拜访所有的教堂，我厌倦于视野的无限，
木制的果园，舌尖上的隐约声响。

绿色草坪的静止，比油画最为紧要，
河流炽热的一首诗，融合了马的飞驰旧气味。

岛上的环形路，多于风身，
邻居的孩子们四处奔散，我以为那是秩序。

直到轻盈的骑术更换为陌生人，在郊外的
梦寐，早就习惯了花枝的魔术表演。

像船头的古老，领航于语境的平沙岛，
最后是潮汐，是的，由此我忽略那荒野的晚餐。

龙华线，或地铁诗

从这里到那里，只为接近目的地，
无声的车轮，碾过巨大的张力，
譬如时间被加速，譬如一点点暗黑地下的荒凉，
没有人知道在什么情况下，才能融入到我们的生活，
比起夜晚，更适合于挤压更多的旺盛，
如果不分地点——那也不等于是迷局，
看上去像是深秋单程的痕迹，一切比喻，
来不及展开就一晃而过，意味着归于虚无。
龙华线永无止息的轻盈，
泛起空气涟漪，尤其是纵横的日常，
最偏爱城市精准的敞开。

有时，从大厦中分离出一个我，
保持着温热，从进站口再从我的影子
分离另一个我，挤入车厢内腾出手来看书，
某一段情节在晃动的阅读走了样，记忆中的钢筋
变得弯曲，甚至连谈论被车速一笔带过。
最主要的是，我在想一个古怪的问题，
地铁是诗的骨骼，借助带电的咒语，
穿越我们整个乏味的人生，
或者，当作旅行再最好不过，倾向中
有如日日新。所以，我比人群更需要

叙述的一场偏离,即使相隔万里。

哦,拥挤的孤独,不必向夜色致敬,
不止一个角落,龙华线延伸到神秘的震颤,仿佛
闪烁着粼粼幻景,风比深渊更为轰响。
原本重要的事,或许缓一缓,任何一个站台,
亦能成为终点站;我没有能力减轻
自身的重力,以及盛下今年太多的秘密,
如果可能,我会有更多的机会学习隐身术,
诸如"湮没无闻的潜行",这样我不会
被记起。造化不乏赞美,永恒
不缺轮回,置身于众人一言不发,
最美妙的瞬间,是我看见雨滴洒落在车窗。

暂居地，或大浪诗

其实，我不想用暂居地来谈论自己
就好像我在那里住久了，对周围的一切依然陌生
又免不了迷路。初冬更新着更深的繁忙
对我完全不起作用，一首诗减速日常
——问道于虚无？你要是这么理解
我无话可说。搬家是短暂性的
即使稍稍远了点，并不因此拉长我和你的距离
我早习惯于有规律的生活
但不意味着室内和楼下的风景不加区别
和你一样，暂居地取决于我们
如何对世界的一次选择，看上去
是代表了任何事物，在早上或深夜
保持了连续性。很可能，两只猫在阳台上
四处试探，你只通过它的嗅觉
最终加深你的怀疑：颠沛也许并无
因果联系，而原有位置随时更改。迁徙的隐喻
像是另外的语言，这对我而言
大浪未必不是城市的最远处，或是
最后的田园，一首诗延伸到那里
比想象中更广阔，足以胜于我
做梦的孤独。如果你愿意，我可以
打开所有记忆，一一安置好
家具，对诗的喜悦，还有生命的传统

情诗

没有人知道冬日的低沉意味着什么
一首诗修改无数次,不受趣味控制,如同新的开始
仅次于你的取暖,或者你借助于
一个关键词,才能睁开懒散的眼皮
但你从未见大雪背后的形状,远远多于绚丽
尤其是遭遇肉体的旧事,似乎隐含
青色的脉管,带有鲜花店高贵的沉默
造就了惊艳的敞开,是的,我称之为情诗
如此,所有秘密连同不朽将微不足道
按照你的说法:"巨兽在喘息里
旋转,喜欢捕获大片大片记忆
……仿佛悬置在头顶上",这无疑是
吻合了我们的关键词,值得分享
一首诗的神迹——轮回似浮华
直到镜子毫无顾忌割断与现实的联系
多数情况下,会留下一道辙痕,并不因
呼吸而加倍扩大,这毕竟来自混淆
你知道,最好的情诗是这样:"情感无视于
防御术,你也许感受到时间的危险性
看上去火车有了奔驶冰河的可能"。

一个人的时光，或清湖诗

暮色慢慢下降到熙熙攘攘的街景
一时难以适应一个人的时光，对此，你需要散步的习惯
直到栅栏纠缠你的影子；也许更需要鸟鸣
帮你摆脱出来，只有我知道你的耳朵
精通谛听，并波及影像性的绿枝，以及松针
和新的云朵，何其缤纷，几近沉沦过去
犹如掌握时光的最高神秘，是来自体内的山水
无论现实有多遮蔽，并不因建筑术
而陌生，怀旧首先随着散步从里到外
走了个遍，如果你视之为自然
那么清湖是美丽的，值得深入到
我们的骨髓里。确切地说，一个人拥有的时光
就是拥有清湖涟漪的时光，也预示了
浩瀚的未来。就像现在，你能想象从一个
街区到另一个街区，被一个湖泊
贯串另一个湖泊的覆盖，从而完美了
更多的湖泊。那意味着，根源的撞击确实有
微妙的相似性。所以，漂浮感有可能
不取决于湖水，再怎么变化，身体
保持了自觉，这是自然不过的事
我遭遇的嘈杂，相比之下，仍然算不上
水泡；或许，而当你出神时，一个人
才能从繁华当中感受出寂静的湖面如镜

警察与新赞美诗

在第一时间总有案发现场。你容易一眼看穿
蝴蝶图案不过是喻体遗址,其实,每一次更深的挖掘,
引发另一种可能:内心的现实,远比游戏
接近危险性,或者,接近广场的雾霾。
在这样的情况下,诗,好似起到
润滑油的作用,让你斟酌是否
需要脱下白手套,以加深和世界的关系。
偶尔的追踪耗尽了新雨的气力,
并扩充到一首诗丰富的内蕴,暴力美学会有
它必要的用途,为你区别出
广告牛皮癣和缺少节制的水果摊,就好像
我们消遣偶像剧,是经历了
不剪辑的生活。可以确信的是,
你辨认出的语言小地图,进一步被孤独放大,
但不涉及被吐掉的口香糖,要是你
听到抛上的硬币打破底层寂静,
这就解释了黎明何以成为自己宣泄的方式。
啊,裸奔的赞美,好比放荡不羁,更为
新的赞美,要深刻到一百倍,
直到被认定的结果具有说服力,有助于
你找寻感同身受的铁笼子,一打招呼不会露馅。

至于**警察**——你知道,作为虚词并不影响
一首诗在第一时间不在场的证明,
包括不会骚扰你亲爱的阅读。

私情诗

倾斜的……十二月的倾斜，对于早期的飞鸟
是停不下来，容颜宛如温馨的冥想
对于你是等于喂养叶子

我遭遇了清晨，不止是一个家谱
仿佛所有的美德，是多么乐于揣度耳朵的沙漏
黑色的烟圈几乎失声

洋溢的表情对得起自然，十二月的野味
沟通理喻的私情诗，假如你视而不见
这在野蛮中算不算匪夷所思

我羡慕干净的互补，身体里整个水域浮上来
广泛的疲倦，仅限于形容我的跨界
容纳最好的阴影，对称于禁忌的喜悦

到达时已不如以前灵活，微微
晃动的光线，不受你的牵引，要怎样说
与飞翔摆脱纠结？不只是憧憬媚俗

的教养。当然，对表象的判断更执着于羞愧
我似乎忽略了故事的新景观，最隐秘的

不能被揭示,但你知晓倾诉是为咏唱

即使远行也要说出我的不安,这一点
不足为怪,如果只剩下撇开,奇迹则给你的感觉是
服从异乎寻常的好天气,就像我的最高虚构

冬日诗

"年终了,还有什么要说?拖着孤独
的光",听起来像是自言自语,我谈到一个
特殊的要素——沿途都是犹豫,河水
正流向非修辞的冬日,貌似带有结构的未来。
那么我写琴音,这就是现成的例子,
在年终时不为别的,只为完美
的远遁。"还有什么要说,在露天市场如何
打探虚实",银两隔膜于松软的乳房,
疑似寄生于密封的棉大衣,空气中
提炼外形的创伤,意味着比盛大的雨水
更颇为无畏。"是的,正如一段情史
延续到另一段。演奏会在星期八背景下进行",
很显然,我并不是动了真格,局限性
很难消除冬日的渊源,一旦
废黜于纸团,植物系则变得敏感,
找寻回秘密的绝技,我以为能穿越城楼,
无论从哪个角度上看,都完美得
像真正的智慧。"没有最后,琴音
仿佛祈祷,栖居了众生",寒夜拥有
鸟羽光滑,几乎不真实,尽管在零状态下
看起来比我更滞留于孤独的岛屿。

辑四:遗情诗(2014—2015)

新诗

最先看见的是新年紫姹万千
远不如神秘的诱惑。如果我没有围绕它转
如果我不能肯定,我们的新诗
无疑带来奇迹般的缄默,仅仅凭绵延
必使多数人昏昏沉睡,无需指点——
骄傲原来如此直接,用厌倦去谈论天堂图书馆,
这本身是不靠谱。只需要好奇心
即可引向一个新诗的未知,
确实这么说,我们的山水解决了上帝
的阴谋,就好像单行本重新
塑造了短命的时间

新的角度低于自我陷阱,我不会想到
鸟虫相继变色,伸手就触到圆柱
和很多食物,就知道古老的记忆不能分享
如果我擅长的不是用火包住纸,我们的新诗
不会因了海风的托底,就显得孤零零的
或者,这巨大反差来自辩护词——
我从未遭遇过的私人生活,有如妻妾成群
瞧,每个人善于掩饰新诗的影子
甚至迟疑,这不同于歌剧院的表演
在这里,新年隐藏于必要的错觉,从一开始
不用再介意从警句到客串的游戏

私人聚会，记诗

和一个人谈论，需要经过酒精的考验，
说明内心积蓄了新疾病，真是新年的坏习惯，
……但绝不炫耀。每一次乐观，
配得上新鲜的气氛，有时候嗓音会随着老练，
深入到蜘蛛够不着的地方，如同没有悬念的一场争论。
反正就是差不多这样了，相对狡黠而言，
你得理解谈论中的蛛丝马迹不是你理解的那样，
本质上不必在意过去的细节。换个角度，
私人聚会沉浸于美妙的枝叶之间，
你只要稍稍靠后，即使戴上口罩也不至于离谱。
在体制之外的言语中，我们并不缺少
旁观者，诗艺适于遥远的书籍，
总会有一个我们的共同点，所以不能象征，
否则容易落入新闻的俗套，譬如
费了多大力气维持谎言，还挟带分身术，
意味着命运随时监控我们。如果我告诉你，
我对黄金如何鉴别没有兴趣，通常
将自己提高到识别天气的层次，就好像
写一首诗有了更多的机会，我可能
会写成风景，这本身是无需修订。
不论你信不信，我们的面具确实比现实
溶解于无数个身体，这必然涉及到

暮晚的沦陷，几乎左右不了一个变体。
事实上，你想象不出的物质鼓胀，
就在我们谈论中占据了额外的空间。

遗情诗

> 遗情舍尘物，贞观丘壑美。
> ——谢灵运

不能指望天气政治，更多的面具勾勒出
千篇一律的楷模，你领略过雨水淋在你的灵魂
这好比雨比你懂得悲观，它记得拧紧的
小乳房，偏向于农历和树冠的株连
我掩盖不了错误，像熟透掩盖不了自欺欺人的成分

必备的涵养使你终究没能说出，这是
部分卷入"现实的音量"，你清楚被增大的
后果会如何？其次辨认植物的反应
很容易陷入耳鸣。我的问题在于"我们
拥有的欲望"远远超过了雨的需要

这不同于借口。或许，寂静放弃了它的光和奔驰
就好像绿皮火车拉开了一道涟漪
然后恢复原样。不用顾忌早晨的情调
包括你随时更换面膜，我就会
看到危险的级别性……所有隐喻引发

身体内的闷雷。更多时候，你得顺着雨水

去寻找"神秘比例",有助于记忆加密
你知道,需要忘记的话还要看一首诗
愿不愿意配合。我呢,是这样:遥远胜过深渊
我对恐高的不可丈量胜过古代皇帝

夜行诗

有不知去向的终点,其含义轻易
渐渐被人遗忘。在你遣怀时,月亮不止一次
神秘地比喻夜行,我有你多语义性的
花边新闻。这不同于一个插曲:幽暗中
你感到风景的流连,几乎与春日的加油站脱节,
多出来的时光潜伏在你身上,哦,有点像
自己的副本,只剩下暧昧的小动荡了。
换句话,我不打算挑剔这里面的
天赋,其实你不懂树木的夜声,
偏向于汉语的变形记,并听任短暂的
分神,所以你的记忆更适于速朽,
胜过近距离的彼此打量,以至于我们
漫步在最不可能的地方,如同白昼
迷上了月亮的轻喜剧。今日的
津津乐道,丰富了本来面目,这也难怪,
自然的韵律才是夜行涌动的秘密,
比如,我以诗为无用之物,用来温习
有效的步骤,除非再耐心一点,
不然会散发出旧律法的气味。说点实际吧,
差异并非是一个完美,即使你全然无知,
终点也不是生活之外唯一的目的,
毕竟,我们的夜行重复我们的阴影。

春历诗

风埋藏了马的漂流瓶,这一次
确实与牛不相及,通过线索总能经过你,
以刻字混杂了情色暗示……春历的鞭炮声
不绝于耳,比传统还强烈,令睡眠
变得迟缓,那才叫一个乌烟瘴气,
就像我们的洞悉多少不合时宜,
但是不能证明近在咫尺的反差,远距离
不意味着对未来的好奇。据分析,鬃毛转向
金黄的律动;假如你说:"未必浮力
不够,纪念系列实际不构成信任。"
这就需要你细心从外力逻辑跳出来,
或者,回应戏剧的任何改编请求,
连同载体自身的涛声,即可结束诗的单纯
行为。我的意思是,风马有可能低估了
与速度的互通性,所以被你一手剥离,
以至于生活的耐用品取代了我们的判断。
其实这还不够,你只记得自己对纷争毫无
兴趣,甚至无心一步之遥,这将突出
诗所带来的效果:漂流瓶难以预测,
你从未想过免除债务,如同昨日的
启示录遮盖了死者和假人。

二月诗

> 漫游,寻找那唯一真诚的人。
>
> ——希尼

二月开始它的晴朗:从中眺望出
我的欢愉,是我体内的另一种诗,只负责极少的
漫游,适于离题万里。其实,我不想用
逻辑来谈论一个事实,譬如雾霾,
——其本身即黑洞,这有点泛政治,
赎不回虚无中的光阴。每一天都是新句子旧句子交替,
很难说它会打开自己,这就需要
不断地减速,直到另一个我醒来,
比我的沉默更接近于裂隙。

我的欢愉多么开放。二月藏起了一个
神秘的住址,寂静实现了它浩大的鱼鸟迁移,
像形容词变回闪电,每一次的眩目,
意味着每一次猛然消失。私下里认为
我所见到的一切并不等于这个样子,
连宪法还算不上。所以,真正的缺失是
经不起琢磨,正如风的掠过
经不起一圈涟漪那样。我能做的,

也暂时避开布局好的假风景。

借助另一种诗写下看不见的事物,
瞧,我伸出了另一个有力的手。

双面诗

如同来自语言的芒刺——
你我见面感受到尖锐的疼,稍不留神
会被划破脸颊……即使语焉不详,
这不会带来好运气。从一开始,
我们的偏执已背道而驰。在这首诗里,
你必将节外生枝,无可救赎,
我预感到在植物游戏不分彼此——
半低音不低于一地碎屑。所以,
诗,酷似双面……我和你的角度不一样:
你看到的是悍马翻滚的脸,
我看到的却是小教堂的幼神,
还没等完结,分辨率便遮蔽了
非虚构的开阔。但有时,诗,就好像
来自我们的一叶障目,迷惑于
一堆乱麻,准确地说,它充分
掌握了我们身上的弱点,和立场,
甚至甜腻腻的味道。需要适度
三分之一的冒险,才能使我忍受变脸,
出于法则,你依赖闪电的一瞬,
即可跟我交换诗的双面,
就像绷紧了唯一的芒刺——

破绽诗

> 上帝一直是我的破绽。
> ——臧棣

必要的卷曲。远远看上去像是海啸丛林,
那些滥情的诗,在清理中明显减少了许多,
一如今天的翻转,可以忽略不计;

如果把情节安置在阅读的破绽,
即使什么也不会耽误,我们的一次性实验
实际宣告失效;

以至于你想从喜好获得教育,
这未免太过奢侈。但邻居时代的对话,
随时创造出不同世界的比例;

宛如一首诗混入财富,会产生什么样的
化学反应,很难说它不会给你示范出
类似变性手术的临床;

占卜并不存在。我们的白日梦不如
轮流吹口哨,我承认你比我还有一次
涂鸦机会,足以消磨时间;

必要的影子仅次于死者书,你完成了
激进者的角色,剩下的声色自觉实验成
多么滑稽的丛林艺术史;

被废止的必是最孤独的色情,
你惊异于一首诗的开放性,里面的破绽
暴露了我们超现实的死;

我的本意是,凡旁观皆为不满足于挖掘。
波浪时,你从未停止过从前的宽慰,
不波浪时,你从未在意过私人天气预报。

静夜诗

（与友人胡子博谈诗）

应该还有寒春隐身于细雨，比风
提早摆脱了羁绊，似乎是顺手拈来，
树形在我们身上找到突破口，新的规则
被提及，这事关到你的语法，听上去
确实有点夸大了对历史的戏仿。
静夜自觉供出两份最大的孤独，有如
彼此的刺猬，很难适应互动。
深入到词语的计谋，与帝国隔离，
其余皆是丛林大腿的性感，且跳跃性
太大了，但凡耍大刀从未停止旋转，
充沛得太便宜。时有诸多喧闹，
就好像用来代表世俗之说，事情并非
如此，举重若轻不等于四两拨千斤，
需要讲究清理的整洁，是的，我反对
窥探表情。换句话说，你的新书
《不可知的事》受益于太多的神秘，
并预示着一首诗在淤泥中拥有
不走样的可能。有一刻，你肯定
这么想，细雨经过你，可以能
达成默契。实际上，我们的谈诗
仅限于言论本身，但没有来得及插上

曼德尔施塔姆的话：与一个具体交谈者的交往，会折断诗的翅膀，使它丧失空气和飞翔。诗的空气就是意外。

编年诗（1）

1978年我溺水，偶然被捞上来，
这一次的拯救似乎是假象。稍后有了1981年，
我触电，一片雾气腾腾从我身上环绕，
简直是障人耳目，电线在我的诗
至今擅长裸露，不这么说，没法
解释我身上带电，随便和人
握手会出现被电麻的现象，
以至于看起来像闪光灯。这不同于
瞬间捕捉的失效，少数面孔是光秃秃的，
纠正不一样的天气，意味着日子照常，
我不曾留意过遗物堆积在幕后，还会有人领取。
光泽是不可能的，在我身旁，
镜子梦着我的个人史，沉湎于
隐藏的部分，直到我不再负责自己的幸存。
1984年，我在我的出生地遭遇了
一场车祸，十分钟的死亡，那么清晰，
覆盖了下午的暮色，除了云朵
显得多余，没有什么不能在水中
承受倒影。想想吧，后脑的旧疾随时
在诗中发作，我只能忽略过去，
或者，我愿意缄默，特别是黑暗中
的缺憾，无人能描绘，所以说，

我成为我的惯性，我用我的惯性接着下一步。
到了1990年，我选择了剃须刀片，
在破旧的工厂选择了手腕，我瞒过了父母，
唯独没有瞒过上帝，像是一觉醒来，
难免让我沮丧，这一段我在诗中
最不想提及，一时没找着合适的出口，
只能在栅栏外放下一束花。2014年，
这首诗并非一次仅仅回忆，我接受了命运的
不正确性，但我从未对应过巨大的漏网，
也亦从未背叛过倒逝的河流。

编年诗（2）

我出生的日子，抵达到1970年那个
乍寒还暖的初春，甚至包括母亲身处的背景
反衬出雨夹雪的胎毛。表面上
我生不逢时，不可避免染上那些灰尘
像是一场隐身术，那意思仿佛是
省略了所有成长。我不怀疑
天赋的体重，尤其是混淆了
太多的前世。从一开始，我养成了
吸吮手指的不良习惯，对生活之外的
白墙壁预示我的不安，以至于
我凝视太久。我说，"我误解过
秘密的症状"，我不介意这样的领悟
这从来不是1970年的问题，"我情愿活在
婴儿的时间里"，也许无需惊讶
那个时候，我练习清澈的声音
从而完美了子宫的代价。我得感谢
母亲，她给予了我和世界的关系
也给予了我和诗的关系。即使是
拐了一个弯，变成另外的一个人
仍然不改初衷，就像在生日，我感受到
自己被重新裹紧，"我看见了
天空扇动的翅膀，有更多的光源"

编年诗（3）

我对两岁时的遭遇一直深信不疑，
深信到连遭遇不以为意，远远低于偌大的世界，
仿佛是在新池塘，滑溜溜的从来
不是孤独。说重点，我的遭遇是来自
上一首诗所指示的"秘密的症状"，
一场失控了的发高烧，需要打一针来减轻。
再说重点，我和听力之间隔着
链霉素①，如同死去的身体部分，脱剥于
自我放逐的冒险中。和你不一样，
我没办法说出完整的话，所以在很长
时间里销声匿迹。耳朵的疼痛史，
延伸在新的和旧的秩序里——
没错，因为对声音有天然的敏锐，
捕捉到旧乡村的轻风吹拂，但同时启发了
最大的障碍，譬如，母亲不停地纠正
我的口音，最终失去耐心。这你无法理解，
沉默时，我为什么用笔取代了伪叙述。
我还记得，很久以前，母亲总说是两岁，
后来，像是被惊醒那样恢复了记忆，

---

①链霉素，是一种氨基葡萄糖型抗生素。它的副作用容易损害听觉神经，引起眩晕、耳鸣，听力下降，严重时出现耳聋。

她准确说出了时间——是四岁,
这有点让我感到陌生,微妙的失重感,
简直要重新认识自己,那一年,
重重地停留在1973,再一次轮回。

编年诗（4）

最真实的，莫过于 1980 年，那一年
我 11 岁，小学生涯让我有了懵懵懂懂的概念，
犹如四月的隐喻，完全变了味，
在傍晚时刻，它是放学路上的野蛮，
不缺少小暴力，或者，一场常见的游戏有着更多
的石头（从土渣子到被偷换了的
真石头）。这就是为我准备了
比现实更加黑暗，"——不！是白茫茫
的一片"，一个声音从内心纠正我，
"而且产生了幻觉"。我从未尝过
被碰击的滋味，玻璃一样的裂缝，一块石头
带走了我右眼里的油菜花、云朵和残阳，
就好像有东西不断膨胀，这可怕的白，
令我感觉全身冰凉，天色越来越暗，
那时我被吓得号啕大哭，惹事的小伙伴
早不见踪影，直到我恢复视觉，
似乎所有远景都变得弯曲——
弥漫着花香的空旷（我对父母刻意
隐瞒了这一事实）。它后来多次
出现我的梦中，全部是神秘的白，但不曾
流出血，至少暗示我"命运不会
轻易见底"。好吧，水落不一定石出，
那就谈谈那块石头的弧线吧，或者，
顺便谈谈 1980 年记忆中暮色的裂纹。

编年诗（5）

幼年的湖冰，比作一首诗的遥远。
但不足以驱逐事实，这诱人的阳光，
经历了深冬的涟漪，没有人知道，
在什么情况下，通过上午我取消了日常生活，
只凭好奇，或者说一时反常，
像是苏醒，不会再有别的深刻的走样。
那年1979，我不知道湖冰的结实，
在上面打滚撒野，对危险性没有丝毫察觉，
没有人看见，我已在湖床的中央，
然后翻过身，只有光线刺目，
眯着眼仿佛不曾享受过孤独。这一叙事
有点不确切，首先，我以为风景值得最大
限度信任，其次，那种新鲜的美妙接近于
四周寂静，而冰冻三尺，非一日之寒，
被我一再忽略了。随着长时间的消逝，
很难说我是不是听到了轻微的声音，
但至少身下感受到了冰裂——
冰冷的裂缝慢慢扩大，下面是记忆中
深不见底的湖水。事实证明，
我身子僵硬，就好像被囚禁于湖心，
找不着支撑点，这是我唯一经历的恐惧，
以至于我是怎么艰难爬回去的

完全不记得了。所以,把湖冰比作
遥远,通过一首诗展开,向下俯视,一个
孩童孤独地被困在湖冰的空旷中,
像一个黑点在1979年缓慢地蠕动。
写到这里,我浑身如履薄冰,
在诗中不止一次体会到自传的脆弱。

编年诗(6)

如果可能,我愿意这样说,
我的第一次恐惧,来自对天空的认识,
浸着绵软的云朵几近可信;除非
记忆如同失声,并波及年轻的小保姆,
否则不会有1975年夏季的延伸。
六岁时我被寄养在异地,陌生的环境
引发了眩晕感,映在雨滴里,
让我成为陌生人,吮着手指
毫无方向地发呆;这算不了什么,
她带我来到雨后的空旷之地,
我到现在更深地回想,小保姆
怎么在我身后不见了(也许她是跟我
玩"躲猫猫"游戏,或者找同伴去了)。
那时我面对巨大的天空,像是
远去了的世界,偶尔有鸟掠过,
然后消失不见,四周无人,
看上去,这情景形成了极大的反差,
甚至于我显得渺小(都一样,
我本来身材幼小)。跟被定住了似的,
大多数时候我迈不开脚往后退,
隔着天空我看到了恐惧,越来越清晰,
考验我更大的承受力,或许我

没有意识到,它擦亮了我自己,
清澈见底,远远多于从前的述说。
所以,一股气流准确盘旋在头顶上,
不如说,恐惧并非凭空而来,
仅仅纯粹经过了我,就像 1975 年
经过了我,没有人知道,夏季
在我脚下长出了鲜嫩的草叶。

编年诗（8）

如果旅程有效地追溯到荒凉，
譬如打开心扉，沉浸在遥远的铁轨，像荒凉是我生命的
一部分，挤满了火车有节奏的声音，
最偏爱跨省的慢速度。

1998年莫过于额外奢侈：我需要真正的旅程
摆脱平庸的生活，或者写作。从风景的角度上看，再
　不会有别的隧道，
在冬季更适合做个人史的后半夜。

从陇海线到兰新线，第一次出远门隐含着下雪的日子，
路上有沙漠，外表像赝品，接近于很多的弯道，
所以速度较低。硬座真是坐的不是地方，
就好像在梦境里无法自拔。

车过武威，大片大片的戈壁，
显得凹凸有致。这期间，眼前一堆橘子皮一笔带过，
果汁流畅于身躯，还包括有磁带的原声，
以及对一首诗的阅读。

说点言外话，当阅读和火车的同步，
一并突然重重停住，像是被打断，然后我才知道

前方撞倒了一个老人，火车缓慢启动时，我看到尸体孤
　零零地
躺在路边，那时雪越下越大，我顿时没了阅读的兴致，
仿佛我有凶手嫌疑，我的旅程扼杀了
老人的生命。

也许我选择无视，但和坏情绪简直
没法比，一直没有舒缓过来，这不取决于离题万里，
尤其不取决于我选择好的天气预报，
虽然我承认我可能有心理阴影，无法对那一截
时间进行篡改——

直到短暂停留在低窝铺的小站，陌生的荒凉
迅速在内心醒来，没有例外，晚风溶解辽阔的滋味，
以至于寸草不生，其实我说的是，
真正的荒凉并不是由风景显现，就像夜晚在途旅中降临，
体会到神秘的无限可能性。

……所以，1998年，火车到达乌鲁木齐，
我开始了不写作的生活。

大雨诗

尖锐的大雨,没有人准确把握
什么时候突然中断,从三月底到四月初,
大雨小雨一起噼噼啪啪打在窗子,一会儿
递增,一会儿又减轻,混合了最隐秘的
闪电,以及雷鸣。要是我视而不见,
生活会借助身体试探反应,怎么看好像
人人避而不及。从公众的深圳
到私人性质的深圳,最美妙的转换,
意味着几乎都是暧昧不清的晌午。
但是里面,大雨比诗改变了记忆的
方向性,表明我拥有猜不透的滑翔姿态。
空气中生出缅怀,不等于是陌生
的邀请。任何时候我不会用隐喻谈论
大雨内部的残暴症,仿佛一个未来
在贩卖乌云的宪法。所以啊——
太遥远的抒情付诸东流,其实遗漏了
表面的交流,我不打算更正。
恰当登上山顶,才会有机会追赶
诗的时间。实际上,没有人可以免于无辜,
如果淋浴在大雨中,可能是
无尊严可言,如困兽之诗,也可能是
寂静的绷紧的奔跑,这从来不是我的麻烦,
就像诗让我成为连绵不断的雨水。

编年诗（9）

"一个孩子孤独地回味着乳房"。此刻，脑子闪现最美好的瞬间，它涉及隐私的更深处，不论岁月是否误解，说出它需要回到孩子的心态。那一年1977，那天的雨是美丽的，母亲带我去小镇上的一个破旧的澡堂。这个澡堂完全没有男女之分，在冬天每两周只有一个星期天作为女浴专场，其余时间都是大老爷们的乐趣之地。母亲带我去的时候，正好我八岁，毫无性别意识。在乡下，带小男孩去女浴洗澡，通常人们是并不以为意的，所以我才有机会接近了她们的灵魂。穿梭在女身体之间，很自然，我泡在一个大浴池里见到了大大小小的乳房，零距离的敞开，在身体里走动，有时像一堆新鲜的水果形状，散发着清香，有时像幽暗中最隐秘的白月亮，在雾气缭绕时隐时现。可以肯定的是，它们对于我没有什么感觉，一个秘密并不成为我经历的见证。以至于我转头注意到了不远处的一双刚刚发育好的乳房，虽然不饱满但比地球仪还圆，我没有看到她的模样。实际是，她脱离了人群，在浴池的边上擦洗着身体，或者说刻意不合群，就像她的乳房孤傲而又决然，仿佛比她们还要神秘。我记得时不时抬眼偷窥一下，但很快好像被她意识到了，故意冲着我挺了挺乳房，我感到了自己的害羞，把眼光转向别处。事实上，我的觉醒是从澡堂的那一刻开始的，准确地说那双乳房唤醒了我幼小的美好。母亲后来再也没有带我洗澡,仅只此一次,就像我偶然来过,必然离去。所以,回到前面的这句,冰冷的雨天是美丽的,倾斜的树枝剩下光秃秃的,恍如现场的迹象。1977年,"一个孩子回味着乳房,满心孤独,雨越下越大……"

桃花诗

(与老友徐业华同游家乡的桃花村)

低于青山脚下,桃花如鲜艳的颜料,
失真得节省了细雨,在林中沉睡,甚至波光粼粼的下午,
预示了桃花村的新与旧,只属于晴朗的芳邻,
就好像我们的散步,刚好怀念从前的生活。

必然的见证,我们才有机会接近更高的路程,
只有风声幸存下来的寂静,很容易制止了一丝炎热,
我知道故乡斑驳,不止一次意味着浩渺的孤独,
除非虚构出现实,足以内心璀璨。

最好的结果远远多于我们的信任,
相似到你凭空看出了破绽,而我持续一场巨大的回声,
即使被桃花微妙地覆盖,但你从未见过
犀牛在水中的肥硕,几乎左右不了隐秘的汹涌。

新的生长来自我们的萌芽,稍远一点,
桃花差不多和你的情绪有关,但与节日的逻辑无关,
这有点像过了期的黄金,使四月黯然失色,
或者,我们的汉语遗忘了故乡的时间。

仅次于另一条路,经不起青山表面上的蜿蜒,

尤其是不隔音的茂密的树林。那意思是说，共同的去处规避了少数人，仿佛错觉不是我们的重点，事实上——我并不介意鸟儿泛起的涟漪扩散到整个天空。

编年诗（10）

1974年的饥饿并不比我更轻。从历史上看，
我和一树的阳光似乎格格不入，邻居们
无尽地围观，躺着的阴影引起了
他们的恐慌，好在无损枝叶的碧绿，
至少，像一个陷阱，从中承受我所在的深度，
也就是说，从底层开始，汹涌的饥饿长出了牙，
迫使我只能努力尝试。更多时候不理解越来越高于
时间的庆典，不是吗？就好像我趴在树上
的愤怒，彻底涉及到他们的底线，
完全取决于纪念日耷给现实的馈赠。
所以，随便和饥饿一比较，变形记消耗了
1974年。如果是记忆深刻的体会，
我更倾向于早餐，给他们一点颜色瞧瞧，
或者，最有效的办法咀嚼叶子，缓解在里面
的动荡。太叙事的细节意味着虚度，
也意味着童年的敌意，巧妙得连阴影
几乎认不出我，和衰败的大字报相比，
别处的风光实在是乏味，对于我起不到
一点作用，半真实的挖掘机，蛮横地占据
强大的胃，有时我怀疑拟人化的感觉，
但有时，我本能地汲取到专制身上的铁。
重申一下，饥饿的介入性远非指南，

它将是记忆中的配额,足够我度过那一年。
至于底线的代价,可能是这样:它用不着挖掘,
毕竟,这不同于1974年永恒的辨认。

编年诗（12）

与灿烂的终点不同，在地图标出新的天气，
没准你理解的是，我疏离了路，不因绝对的变化
而改变，就好像 2005 年偌大的背景，也不能
被描述为新鲜的北漂。

追溯到诅咒般的生活，秘密时间
多少显得我虚无，有点剧烈。你所琢磨了半天的
隔离带，例如，从八通线果园站再转 2 路车
到喇嘛庄，隔离了一堆烂泥的环绕。

这不外乎是，2005 年有另一种没有
目的性，尤其是在黑漆漆的夜色，迷路是
半小时的偶然，甚至一些荆棘
正潜伏于盲人视觉，缩短成一场暴雨传。

哦，身躯包裹着没有暖气片的初冬，
你在我的白日梦看见两只白猫，缓慢地踱步
在屋顶上，仿佛从天而降，始终都有
不一样的逻辑，反正我不会憋着一口气。

稍一总结，从北漂到不真实的荒芜，

很像我从未改变地下室的压抑,我该做的都在这儿。同样,我没办法说,我和一首诗的关系,难免灌入了记忆的失语症。

编年诗（13）
（给张尹）

甚至连隐居的理由也省略了。

停留在湖北十堰，身边驶过下午的阳光，
巨大的马路横穿白浪区，从远处看去，
显得格外光滑。我花了很长时间从郊区适应了
租来的生活，包括山中的一片寂静，
既不像广阔也不像狭小。

除麻雀的影子外，我无法区分出
需要的诗和不需要的诗，甚至还不确定
新语言隐藏着一切妄想。这就是你所理解的
我中断写作的缘由。

旧火车准时从窗前经过，也仅限于轰轰声的缓慢，
长达到2007这一下半年，仿佛我的栖宿
便遮蔽了过度的精力，人生就是在一个角落
乱转到另一个角落。

有时我常常这样想，"我需要为自己
辩解吗"？你看我的确是无聊，就像比较
你的无聊，彼此交换着粗糙的厨艺。

不写诗的白浪区，总结出我们无效的仿真术，
如同我们发现这儿的积雪不同于往昔。

说到积雪，好吧。事实上，"一首诗，
或者没有诗，都一样存在着"。假如你有过
这么个念头，那么最先缩短的正是
内心的距离，听起来并不妨碍结伴旅行于山中，
所以，在影子的缄默中，茫茫大雪——

有何理由可言，我才像是没有白来一趟。

读诗

趁天黑之前,要比蝴蝶的时间
多出一丁点斑斓,与一首诗挂钩。
生活被释义到电影情节里,我不担心
驶入假象的速度,必要时在内心
孤立自己,避免趋向于人群。
所以你看不到空气中的小漩涡,
通过阅读交换蝴蝶的诗艺,但不意味
你可以能翻跹,尤其是,它并
不取代你超凡的头脑,就像诗的
偶然性,泛催眠的情怀。如果需要
分类,一类我依据判断捕捉住,
才能得以脱身;另一类你应付不了
隐喻,甚至夹杂着猎艳史,就好像
风暴最抢镜;这种比较其实
遗漏了爆发力。有时,一首诗
扯上古老的诡辩,听起来确实
遮蔽了我们伟大的耳朵,被波浪
一次次击倒。当然,孤独也是
身体的一部分,我乐于用来读诗。
事实上,熟悉了各种缝隙,总有一种
缝隙从汉语熟悉你,如同诗的倒影,
和诗的不倒影,不在于风景的可能性,

选择是最起码的原则。停顿时，
不妨飞起来，即使你穿梭一本书。
在天黑之前，蝴蝶成全了内部最高
秘密，你最好忍受对斑斓的过敏。

编年诗（14）

直至2002年　撤离乌鲁木齐的夏天
并非站在现场感看得很远　宛如我深藏不露
迷失于密室　也有例外　体面中的天空
有太多的翅翼　在此之前　诗的秘密
已被我遗忘得一干二净　就像遗忘女性的隐私
很奇怪　顾不上每个细节　没有人在意
因为不需要调情技法　计划显得徒有其表
那个下午　不断更换街景　从友好路到二道桥
"你会看到尘世　不认为有虚伪和疑惑"
美色包含了歌唱的属性　很快　寂静仿佛
具有灵魂　而我凭拥有寂静躲过了假死游戏
唯一不确定的是　2002年指向谁　或者
谁代替我　哐当一声关上大门　很可能
里面有溺水地点　看上去　与其排除杂念
不如陷入可怕的缄默　比如　我想写一首诗
但诗克服了我的冲动　几乎想收回单独的
深渊　再比如　唯美主义和金属　最终
变成了震颤般杂乱　"其实没有考虑过
那些弯路　和你不一样　记忆不会漏落任何
漏洞"　差不多是下午　阴雨下着阴雨
将乌鲁木齐　颠覆　另一个乌鲁木齐
最后　我离开了另一个我的生活

编年诗（16）
（给妻子）

相对于游荡而言，秋天的收获
是一场意外。不只是新眼光从 2004 年起，
预测到未来的后果。你有两种情况，
拥有真实处境和生活超过
辩证法，或者反过来，都要摆脱
语言的累赘。我遭遇了你，
就像你遭遇了打赌，未必不会输给外面。
但显然，爱情是腐蚀的，"不应添加
雨滴，哪怕是做好了最坏准备"，
有时，我只感到悲观，抛弃现实
也是不现实的。所以，孤独近乎肉身
承受的碾压，连同涵盖在诗的堆积术中
的下午，是件很折磨人的事。这其实
是你的歧途，像树枝那样延伸。
简单地说，一旦诗与薄薄的翅膀结合，
我们会适从"非虚构的叙事与最美好的
可能性"，就好比你想到近在眼前
的弯路，成为人生秘密的尺度，
比背景还蔚蓝，我喜欢蔚蓝胜过
下一个轮回。2004 年并不晚，过早的
事情无从说起，或者，在相同的

地方，我用诗衡量你，就像你用诗
衡量我，给消失的秋天，带来了
尚存一息的神秘的典礼。

编年诗（17）

奶奶去世那天，牵涉晴转阴的
下午。狗悄然蜷缩在墙角，风
带着倾斜的天空在我头顶上压
下来，恍如树木含秋，又黄了
一层，随时能感受巨大的平静。
相比之下，卡车的轰鸣声不过
是沙尘仪式，很难说看见和看
不见之间有了关联。但我清楚，
我的灵魂比我的身体容下了死，
那意味着一个人的衣物，摆脱
了阴影。2001年的转生，有可
能不取决于新的选择，假如很
多事物各有其命的话。否则我
愿意被事实说服，但事实是残
酷的，以至于记忆被假象遮蔽。
我甚至不确定落叶的葬礼收拢
雨滴，典藏也仅限于青瓷碎裂。
再也不能像以前那样了，死亡
隔着江，带来一个浮沉的深度，
茂密如夜色。点香不留一点痕
迹，还得照规矩守灵，类似孤
独的注意力，使秋天成为另一

种可能,抖动每一条波浪。奶
奶走的时候,我在灵魂睁大了
瞳孔,命运的树枝间掠过鸟鱼。

编年诗（18）

肯定不是历史。肯定不是晚期的漏洞。
即使换了新样式，也不说明能胜任激进。

1985年的一个瞬间，戳穿了诗对我的启示。
这本身意味着把目光转向了自身。

就像书信和耳朵，需要的并非互搏术。
或者，最接近底牌的是，诗充填声音。

这几乎是血液。从未超过对暴雨的觉醒。
不同于分享，近乎梦遗混进了我的脑海。

1986年首次写诗。通常不会畅通无阻。
内心的负罪感，至少我不必做出选择。

也许技艺有禁忌。尤其是出于暧昧的立法。
里面有着太多假设，与不确定的原形。

有时，我还未找到机会，就辗转到另一些风。
犹如在黄金寻找诗的重量，只能靠推测。

不只是陈列着假秘密。语境下的腐蚀。

反过来，是相对于众多的名字：从我到我。

与遥远有关的是蒙蔽，生活总是无辜的。
仿佛我一不留神抓住了绳索。

这还不算晚，毕竟诗比我善于深藏不露。
上帝都知道，历史的漏洞有意忽略了我。

祭诗

风高尘世为狗
山魂永志成狼
　　　　　　——挽联·悼念卧夫

你用七天戳破了无名的泡沫。
这不同于回敬,无需在命运的裂缝
和谎言做出选择,你甚至没有别的敌人,
不能帮助你混入同类的私时间。
很难说风中有太多的谜团,如果有问题,
可能会造成一瞬间的恍惚。在此之前,
你没法确定从裂缝拿走所有的光,
同样适于是,诗不意味着你的命运,
因为在落单人群中,机会只有一次,
但你放弃了。这是异常的饥饿,
更隐蔽的,饥饿被山川摄取,大于了
寥寥可数的孤寒。有时,狗容不下你时,
狼容下你,优先于你的象征性;
但有时,衣物容不下你,赤裸就
容下了你,近乎最古老的赐福。
曾经,我和你几次喝酒,在宣纸长卷
留下我的一首诗。这是你,用长镜头
对准我的脑海,或者,这还不够,

仿佛我们很早就知道幸运就在
下一刻。这里,像是在眺望,
我在诗中送走了一个接一个死去的人,
现在轮到你了。涉及远处的星星,
你用七天容忍了不完美,最终,
紧闭的眼睛在黑暗处睁开了。

未焚诗

诗从未错过天气的变化。
夏日的行程被大雨多次打断,仿佛
陷阱,不限于把你碧绿的淋湿;
同时被严密封堵在警报声里,
这不是你愿意看到的。关于南方阴郁的
建筑和时差,完全无从把握,我只能
写到反季节;凡是雾霾,在你身上
难免是土得掉渣,但不是命运的残余。
例如我可以说,诗离我们
比一日游的启蒙还遥远,看上去,
澄清了你和新生活的距离;我说,
远景的焚烧就像障眼法,影响了风的
走向,甚至波及我们的心情。
根据有限的觊觎,这些改变妨碍了
你的溃败,以及对波浪的滥用。
想想吧,焚中的诗从未变成轻灰,敏感的人
容易在火中看到诗的光,
并发出噼啪的声响;所以,
别说你新增见识,就是没有写出来的诗,
焚烧之前只能算半成品。以至于现在,
你从大雨学到的东西,不足以
去奚落天气本身,好比你忍受你,

远远超过忍受苍蝇的冷场。
这不完全奇怪,行程出现于类似的
堕落,试探着我们身上的深渊。
关键是,雾霾尚未过去,诗就换了角度。
关键是,我被耽误在你的时差里。

编年诗（20）

在此之前，我从未写过地震诗。
在此之后，我从未清理记忆的废墟。

这里面，掩埋着暗黑的煎熬，
和凌乱的道路，牵连到不遥远的预言，
如同大雨中试图摆脱地域性。
2008年5月，我在异乡，那一日
感到大楼晃了一下，接着从一首诗的
裂缝扩散，一直到云层里的大坑，
写作全面彻底中断。不首先回到
个人的背景，怎么会震慑于巨大的
威严！同样，启示录的范围很广，
仅仅是一个猛烈的轮回；倘若不能
完全拒绝，会有什么样的消息
好过一些？写诗就是命运，
的确绕不开地震，仿佛相互缠绕，
我快要呼吸不过来；一旦动笔，
几乎是一种绞肉般的折磨。至少，
在诗中选择抽身而去，或者，
近于人生的绝望。而在我们身边，
现实早不忍正视，等着被颠覆，
或是被诗的未来填平。2008年，

这不等于是我能完成转变,就好像
不记得死亡来自记忆和诗的合谋。
所以,大地的裂缝充当了我们
无从把握的代价,这也许是
迫不得已的一种选择。

请理解,我的写作从不触及地震诗。
请理解,我在那一年无法克服的战栗。

陋室诗

狭小的空间是无尽藏的虚无。需要大量阅读才能打发日子，毕竟我和猫不能忍受彼此的燥热。窗台的花草配合了思绪万千，犹如一首诗的证词，记录了可分享的睡梦，偶尔微妙地引发另外的预感：爱是完美的残缺。无边的细雨被一次次延误，像书页，总是书的例外，即使看不出其中的奥妙，也会从偏见的生活经历一些故障。如果没有更多的消息，会多少显得懵懂无知，我甚至没法理解猫的冷艳，只有耸着背竖着尾巴，还算古老的盟约，身边不至于孤独。我所熟悉的仅仅停留在表象，仿佛是一个隐喻，收获不了暗夜的音乐。灵魂在我身体里始终无处栖身，以至于我不能做出反应。

拙劣诗

傍晚掩盖湖底,广场舞躲进
月亮的阴影,仿佛没有人细心留意。
除了很难区别,你需要自己的位置和偏袒,
有助于观察一段短暂的隐秘。
和适应这里的环境相比,障眼术
不过是暗示你不会错过处方,即使破绽
百出,你会发现,窗口的风景
更像雨后的梦,甚至连菜市场及时
出现的各种喧闹,也是有默契的。
这确实不是好主意,实际上,
用不重要的东西吸引到你的注意力,
来蒙蔽重要的部分。比如,它们
顶着细雨,配合得非常巧妙,
演技炉火纯青;假如你对现实
基本习惯,说明催眠起到了
很好的效果。又比如,高温的天气
包含着情绪稳定,与你在客厅中相融合,
身边的猫显得如此安静,就好像
对你是一种完美试探,以至于
你不得不阅读一首拙劣的诗,同样,
诗有意遮蔽了镜中无边的沉默。

编年诗(22)

见识过一道伤疤,没见识过
它的脾气暴躁;菜刀的另一侧面,
对我显得特别陌生,汹涌流过左臂,
像是讳莫如深的馈赠,在1993年夏日,
它首先使用的是盲目和冲动。
我为纠缠于细节而羞愧,这不足以
描述伤疤内部的裂开,在左臂下
陈列如深渊。每次承受它的审视,
我以为气足而行稍纵即逝,但事实
是一回事,假象是另一回事。
正如永生,从单向的一小截记忆,
创造出不断沉沦的新看法,哪怕是
伏得很低,低到筋骨里。我不得不面对,
它导演了固定的潜水游戏,
包括了光鲜,也包括了坚不可摧的融入,
就像它的旁边,至少基于皮肤的
完美无缺。我原谅了它的青春期,
对家庭政治的隐喻不感兴趣,
游荡的身姿配合对它的绵延,
仅仅到达还不够,如果每一步
兑现爱和沉默,那就可以
覆盖这首诗的伤疤。

抒怀诗

并非局限太多。酷热从长焦镜头
帮助我找回波浪的缩影,午夜穿过分数线,
凌驾于预定的睡眠之上。我哪儿去不了,
为绝句着迷,也许还不止,同样为
植物伸展到阳台着迷,我发现太多的
私人美学被当作了坠落的重力。

蔚蓝暴政不止于写作。但我原谅了
写作,就好像诗的局限还有无穷的可能,
波浪保持着在野的翻滚习惯。我确实
今天哪儿去不成,死人肖像占够了
装金框的便宜,我觉得这不碍事,
唯有诗恢复骷髅的本来面目。

需要阴影时,首先使用光。如此
我更加写不了,在我的旁边,雨水像是
在黑暗中腾出千万只手,隔着光,
从未背叛过荒野。我曾以为强盗生涯
先于荒谬,在我的诗中懂得沉默,
在看不见的远方懂得这不算抵达。

但有时,不是因为局限,现实中

短暂留下的,无非是祷告;独角戏
借用了酷热的特权,教会我将时差和色情
归还之于诗。波浪盖过了人声,
即使我了解岩浆啥时喷发,
也从来并不取决于自己有没有经历了缺席。

飞行诗

今天我飞在浩渺的空中。通过
身下的几朵白云,体会俯瞰的视觉。
之前,飞机被延误了一个小时多,
我想了很多事情,在清晨努力保持清醒,
譬如刚刚下了暴雨,很快我看见
天空的蓝,借以此愈合了伤口。
这还不算,小现实抖落了灰尘,
进入举重若轻的空气,就好像延续了
一个过程,没错,肉体是
飘忽的,深入到平稳,接近于
昏昏欲睡的状态,这差不多是
不由自主的底线,剩下一遍又一遍
的祈祷,显然不适时宜。很多
时候依附飞行术,看山脉
紧贴湖泊渐远,忘却所有,不同于
预感前方的紧绷。而内部就不一样了,
它倾向于耳朵的阻塞中,升降
迅速象征了绳索。我小心掩饰属于
云穹的乐趣,一如今天我把自己
交出来。如果时间足够,睡梦发出
金属声响,脱离与世界的关系。

热雨诗

就这样,雨随着晴朗的酷夏
倾盆而临,倾斜得像蹄声嘈杂;
就这样,多少重叠的鸟影,再次
松弛下来。天空和从前一样宽大,
长满树冠,因陌生而显得熟悉,
或者,热浪踮起脚尖,在深度中
找到支撑。我辨认出不说话的邻居
缩在银行大厦门前,这从来不是
孤单的问题。重点是,街景毫无
早年的棱角,我看见猛烈的大雨
误导了集合的漩涡,多数时候归于
沉寂。来点新鲜的说法吧,现实
几乎炙手可热,好像还不止一个,
闪电统治窜出的时间,也统治着
我烦躁的心情。这样的情况下,
热雨隐含着更多汹涌的铁,才能
压住群魔乱舞。我甚至看见
洒水车在雨中给花草浇水,置身
在叶尖的急促感,我意识到,
这也是最不靠谱的事,空气中全是
自己的虚无。在白皑皑的正午,
而我始终没有找着监控镜头。

安息诗

（麦琪今年 1 月 8 日平静离世，我们时隔半年才得知。）

相比消息姗姗来迟，
深夜需要竖起耳朵。

花香缄默地绕开了影子的亲吻，
每一个漩涡先于我们突然而至。

墓碑这么快堕入深渊，
代替了美丽的小石块。

秘密的时间无需我们分享，
即使旅程像疾病提前结束。

无非是平静地接受这一事实，
无非是理解朝向身体的灰尘。

我们手中松开的绳索，
随时准备好顺流而下。

需要解脱或者安息，
唯一信任于新死亡。

最好的纪念我们不必再纪念,
仿佛对自己是出于杳无音信。

深夜不曾耽误入睡,
在平淡的时候迟缓。

仅仅因为走失了的记忆,
地理熔尽它身上的伤口。

仿情诗

"外省向外敞开。这感觉是来自
明天一半的洞察,另一半因不能预测
而愈发强烈。""僻静的生活的确
有梦后的逆世,我不止一次提到
明与暗的关系,就像风景隔开了
我们眼中的假象。"

"爱是有万物的,但是你不打算
纠正天际的路径,宁愿将湖水的遇见
假设成美妙。""仿佛不受情绪
影响,隐蔽的建筑唯有玻璃雨迹
显得幽深,足以你避免悬念,很多
时候绕开了短暂的欢愉。"

"你不必惊讶,病残的身体里,
仍然存在着强大的声音,它使我拥有
方向,在汹涌的人群脱颖而出。"
"外省穿过夏日,留给我们谈论的
时间所剩无几。再说前世的旧椅
不意味着坐过无数次。"

"不仅如此,类似距离被世界

缩短了。漏掉的月光增强了黑暗中的
神秘性。""或许,我们称之为
自由是不存在的。出于信任,
你知道,有些情感远胜迟到的孤独,
鸟鸣略带陌生,起伏在四周。"

隆隆诗

（赠田晓隐）

有时，站在360度全视角的空间，
绳子插向梦一般的室内，隆隆，隆隆……
声音混搭了高压电和海浪，像个飓风
席卷而来。哦，今日你便宣称：
飞翔需要约束。我说，其实是没有关系，
一个变体，可以让事物隐秘，
稍远一点，也可以让你享受空中的
游泳，对身边的界限视而不见，
这就说明需要更深的暮晚，
掩饰所有角色的互动。我说，
从一个区域到另一个区域，八月
合适无与伦比的沸腾，散发着色泽，
隐身衣从你身上轻轻脱落，仿佛影响了
你对半个神话的感同身受。
隆隆！隆隆！我说，你永远都是这样，
抓不住历史的下一秒，正如悬崖下，
草木抓不住纷纷细雨。我说，
这不可靠的比喻啊，很可能是
飘荡千里的翻转。要不然呢，
盛宴怎么会耗尽了你的
一首诗，就像现在，隆隆……

隆隆……命运在你耳边一再响起，
我说，绳子在混乱中没有误会过全景，
你的自由没有误会过你自己。

失眠诗

（赠憩园）

我曾有过多次失眠，甚至到
天微微亮还这么有精神，就好像
不会引起人的注意，但是
我从未想过用一首诗去应付，
何止啊，耳边无端的轰鸣，超过了
我和你的同一个频道，都不会
减少一丝神秘性，所以我理解了
你用五首诗解决失眠，或者说，
五首诗其实分裂为魔术志，
那意思是，魔术加紧了美妙的
节奏，分散你的注意力。
目睹夜色越积越多，在暗中，
失眠原本了无痕迹，以及
化为记忆的冒烟，包括在
里面的自我惩罚，无非是被时间
稀释了。你最不能忍受的是
自行车还在缓慢地往上爬，
尤其五首诗的链条缺少了润滑油，
好像称之为路途中的不顺利，
看上去你比我更显得洞察
这个世界。好吧，提前到来的，

咖啡再次点染看不见的方向，
如同不经意的失眠，遭遇了空闲，
带着从未有过的生活，你继承了
钟表，或许无需传说中的回音。
如果你想探究，就该知道我从未
在诗中提及失眠，更别说
彼此会受到一点影响。

漂流诗

河道的确汹涌不止。野岭利用
怪石嶙峋,比一份指南更为迷人,
就好像天然的涛声只服从秩序,
所有的乐趣在和上帝比速度,并带来
有限的幻象。如果有条件的话,
橡皮艇先于我们,和我们大脑中的
翻腾,在落差与落差之处合演了一场
不带偏见的探险戏,根本不等
我缓过劲儿。犹如起伏不已的遗址,
它还有一个名字叫玄真,但不
受制于遗址本身。在漂流之中,
要说渡它还不如被它渡,换句话,
漂流不限于我们的终点,好似
延伸到我和汉语之间的灰色地带,
衡量九曲十八弯的回旋,即使偏离
叙述方向。我承认,我比我们
体会到神秘,它其实更像一波未停,
一波又起,远远胜过诗的颠簸。
或者,需要腾空汉语的身体,
才能有水流湍急,在那里,才是
不可测度,远观怎么可能会
漏掉美。当我在瀑布插身而过,

不必回神,凭着从未有过的缓慢
和微妙的忘怀,在浪尖中完成了
从诗到深渊震耳的短短一瞬。

遁世诗

（为孙文波而作）

比夜更深的是失眠，经过了
玻璃窗的光线，在你的一首诗
不动声色地闪耀，带有隐居的特色。
如果不跑调，雷电也会拥有不止一次
的邂逅，随时遭遇你的写作，
就像挖掘内心的秘密，但你不迷信，
即使是考验你的耐力也不迷信。
所有低音的风景即将耗尽，
也是因为遁世的漫步，你迎接了
一场雨，从来不是倾听的问题。
通过淘淘①滤出你的孤独，正如它的
孤独延展在海天一色的辽阔。
哦，免费的波浪，替代了旧日的
喧闹，有时沉默不会给你判别出
价值，需要适应乏味的距离；
有时翻阅书籍保留少量的走神，
甚至暂停到云朵的一道裂痕。
淘淘趴着一动不动，是你熟悉的
片刻安静，围拢在身边，如同

---

① 淘淘，金毛犬的名字。

生来俱有。或许,出于见证,
你居住在同一个靠山近海的地方,
每天写相同的诗,但不意味着失眠
会借用你的双翼在头顶兜圈子,
光线最终沦为累赘的低音。如果可以,
你用一首诗瓦解了一块石头,
并且嵌入到比夜色更深的咳嗽。

早安诗

最先看见早晨凭借鱼肚白找回松弛的树冠，越是现实，越是说不出的孤单。陷入沙发上的烟雾缭绕，变换着外面无尽的荒凉。与我想象的不同，它介于肉身的慵懒和预知之间，仿佛自由，暂时从写作的驱赶挣脱出来，它茫然四顾，天空的波浪不知去向。如果我不提及，我身上的早晨兴许会被蛙鸣打破，它其实意味着时间不分快慢，在交融中吐纳自如。如同一个不曾有过的默契，我从它的庇护找回了我，它也从我的遗忘找回了历史，甚至坐地分赃。这让我有些慌张，比平时需要更多的机会抹掉共同的痕迹，就好像阳台下有无数条藤枝从早晨走过，至少经过我的细心修剪。早安，完美的招呼来自一首诗，完善了我的恍惚。

早安，在我和自由之间，一场
与失眠的斗争就一笔带过，仿
佛不这样，容易会被梦境吞没。

暴雨诗

  （赠马金山）

每一滴雨，致不朽的辉煌。
像是偶然的突破，等待着更大的沉默，
在我们的身边，还会有日复一日的
闷热，仿佛越过了秋天的底线。离最近的夜晚，
它在我们看不见的前方经过
灯火通明，隐现在可疑的生活，
然后就是雨越下越大，大到事物的本身，
在寂静中完美。当我们热衷于
沿灌木接近帝国般的宇宙，
始终是，一次明晃晃的谛听，
遭遇到另外时间的围殴 。更深的
是睡眠，缓缓围绕在更严格的尖叫，
尤其出自于十月的秘密，的确是架不住
我们的感叹。换句话，我们是
暴雨里的又一次轮回，才会触动很多细节，
从远山到近水，潜入古老的自由，
就像一阵风吹过的涟漪，在广场的
不远处，学会永久性遗忘。暴雨
走在街道，无意于昏暗的灯光，
包括暧昧的余音缭绕，也许下一刻还在

虚无，或是现实的寓言。

我们消失在我们宽阔的视野，

这就涉及到我们的孤独消失在世界……

慢行诗

（甲午年与田晓隐、辚啸秋游鹤薮古村）

仿佛再也平常不过，
新建筑和破败的房屋之间，
青石板铺就的径路缓缓的好像
在我们的倒影中试探脚步。
旁边的一只狗表现出友善，叼来阳光，
偶尔懒洋洋兜着圈，似乎无视
浮生流年。从侧面上看，
墙壁的斑驳贯穿了整个村落，
但你最先看到的却是宇宙的花纹，
很难理解青山掩映的消失和永生
各占一半。从古树到鹤的环绕，
隔世的典故仍然滞留于迷人的格局，
不涉及我们的无知。或者，
我们在自己眼中的村落漫步，意味着
我们在自己的情绪里，配合了
时间的矛盾。也就是说，我们
只是在它的前世的倒影，仿佛
加深了隐身于栈道的记忆，
一旦显现，它的世界就会缩短
我们和海之间的距离。所以，
你所熟悉的地气，在最东端的偏僻，

比秋天的风情还深陷其中,
它还用它的面目全非纠正我们
小小的偏见:即将消失的,并不是
它的本身;声名鹊起的,也更
不是它的本意;最重要的,
它的宇宙,就像在我们中间
等待着一次返回。

仙湖诗

　　（甲午年和育邦、谢湘南、吕布布、余丛夜游仙湖）

夜色似有足音，但足音
尚未被我们试探出古老的微茫。
湖水避开了世俗，但它的原生态保留了
灵魂，用沉默突出我们闷热的背景。

珍稀树木依然碧绿，晓月的波浪
匍匐在天边，它参与的传说不必跑题，
仅围绕我们宽大的叶子，如同固定的老年
强调我们为数不多的时间。

山风仍在倒放，用它的不规则
溅起冰凉而又神秘的斑点，从棕榈到竹林，
其实还有好多椰树，分布于我们路过的
半山腰上，转向到紧闭的庙门。

仅指望天上人间实际不靠谱，
借着湖水的仙气，它懂得死寂，偶尔
战栗出尚未被我们看到的绚烂，剩下的
本地孤单加剧了我们的走神。

它用虚构交底。出于对阴影的信任，
表面上，留给杜鹃的现实最简单，私下里
我们选择了从前的迷宫，就好像它
毫无疑问动用了出色的骄傲。

有时还真是就地取材，但看起来远远不够，
完全因人而异。至于更深层的隐秘，对比不了
别的地方，乃至斜坡上的荒芜。这不同于
遥相呼应，我们的蜿蜒永无终点和起点。

假日诗

（兼致赵目珍）

本该及时写一诗回赠你，
但一到假期，车辆不在乎排队长龙，
好似你用望远镜，赤裸裸讽刺了
此地交通。一首诗几乎谈不上
有什么顺利，假如你凑巧介于山林
和浩瀚海景之间，见证到
攀登本是它的一种病，甚至
完全占据了巨大的停车场。这难怪，
它并不以时间的秩序解决一切，
也不顾及我对黎明时分的
足够耐心，以至于我想谈论的，
那就是孤立在风景无处可藏的可能性，
实际上，很少有机会在一首诗
达成妥协。所以，一到深秋，
遗忘就那么短，而远眺那么深长，
即使你理解了这一点，
也不意味着可以盲目醒来。
偶尔蝴蝶站在杜鹃花一边，避免了
冒险的代价，除了风声寥寥，
从外面上看，它更接近在
你脑海里蔓延着的雨气。此外，

我看到的半月湾，很像永生的鲸鱼，
在一首诗闪着一缕幽光。好吧，
如果不介意假日的堵塞，你可以
把自己交给它，从中享受漂浮
和舒畅的深呼吸。

故人诗

（给杨键）

这是唐宋，或是元朝。几乎
不留下蛛丝马迹，就像下午的景象。
而下午是你的，是晚来的风，故人即孤单，
从白云的寺庙开始，启发了
冷山水，高妙于纵横和对现实的洞察，
又用神话强调出一条旧地图。
异地的美术馆，绝对不会是唯一的，
还不到喝酒的时间，但最先看见陌生的
怜悯比秋天还漫长，深色的水墨，
竟如同出尘，一点不过时。

有过的深呼吸，最不能忍受
宇宙的破戒。圆形地气配合了美艳，
看上去像是对外界的澄清，
夜行消隐在水里的夜行，抑或叫僧侣，
任何时候不会停下来，和平常没什么两样。
这对你而言，交流全赖沉默，
比如，需要投入精力才能够在内心
见天地，每个坠落经过了早晨，空气
被雾霾做了手脚，形式上只有一个含义：
完整取决于那些树有没有枝叶。

美不缺少日常的细节，也不缺少
干枯下的流动。呈现依然是秘密的方言，
扩大着雪意的绚烂，其实有很多的
东西仿佛不存在。有时，山水的新，
来自比诗更大的偏远；更有时，
周末很可能湮没了此地历史的差别。
所以，忽暗忽明的身影，便会多出了
草木虫豸，相比之下，天赋表明出
真正的裁断，这完全不涉及
古老的风流，且不在意随时鞭打自己。

洞背诗

……由此我想到,很多年后,
我今天仰望的天空,那厚厚的云层,
也会有另一个人仰望……
　　　　　　　　——孙文波

雨水在粼粼的海面停了下来。
就好像波浪倾听你的宁静,
随之而来的是另一个人的仰望,
很可能来自古代,也有可能来自未来,
但不是你的命运。事实上,从仰望中
掂量出时间,它的云层,代表了
即将到来的暮色,覆盖你的厌倦,
又被你的厌倦覆盖,仿佛被大海误解,
连同半熟的晚餐。习俗从虚构中
纠结于不虚构的见闻录,最终指向了
洞背村,譬如悬崖的高度,无意
隐瞒大海的背后。所以,另一个人
一到深秋,便逃避了你的孤独,
或者,你的孤独及时逃避了浩荡,
见不得严重雾霾。一般情况下,
荒路从未背叛过生命的漫游,
哪怕日复一日的毫无目的,也先于

你洞悉的一切,包含着另一个人
遭遇的意味。但有时,仅仅路过
还远远不够,迎接你的是仰望,
不同于现实中的古代和未来,
仿佛是最宇宙的深邃,它倾向于
你内心的雨水,也只有在模糊的
雨水中,你才会像波浪秘密
赢得了大海宁静的信任。

龙塘诗

生者为过客。
　　　　——李白

早晨首先会到来，谈不上
新鲜的光，然后晚醒。霜降里的
一个夏日，暂居的龙塘，时而像打上了
我的烙印，它允许我融入；
时而又像寂静的别处，辨认出
我对生活的厌倦，其实它的辨认
兼顾了黑暗记忆。即便这样，
也不意味着我会懂得风水。
如果你来过，就知道龙塘本身没有
任何一个池塘，从来就不是它的问题，
这是没法解释的事。接下来，
有关绕几圈的漫步，它的蔚蓝，
又意味着什么？或者，有关流逝，
它本身的空寂，碾磨着实体的风声，
加深了我的失眠，然后是早晨首先会到来。
出于需要，在那偏僻的里面，稍微
提高到我身后的一个试探，但从未
低于尺度：作为过客，隐含着
对厌倦的习惯，甚至习惯了地铁从高架桥

孤零零驶过龙塘。但早晨首先会到来，
这一点毫无争议。有时，它不因
时间的另一面而显得陌生。
也有时，它不因陌生而对众多面孔
显得拥挤。除了少数树木，我只凭晚醒
确认身置建筑的方位，即使延误了
早晨，也不妨碍最终会到来。

早晨诗

说起来好像不复杂。
我见过秋天在缓慢收敛,
但没见过有这么一个瞬间,装进了
太多的事物,仿佛早晨的通道
因为捅了现实而变得顺畅,
很容易判断出它受雇于
曦光的声音。哦,出于习惯,
我还眯起了眼睛,仅凭借早晨
掩盖衰老,几乎太刺目了,
显得景色比自杀的新闻还顽固。
其实白云已经够客气了,
比时间更知道如何把自由
还给阴影。不仅如此,我和我的影子
之间有一种僻静,远远超过
我的身体,蔓延在阳台上,
未必不是孤独的茂盛。
显然,只有早晨启发秋天的落叶,
至少看上去不像是坠楼。
鸟鸣比空气还乐观,轮到我说,
我其实比空气更懂得死亡的秘密,
并保留着尺度,甚至向早晨
借过永恒的现场。在那里,

剩下的迹象早已消失。这的确
是不复杂，就像世界的班底，
在早晨初见分晓。

南方传奇

南方的树林
微风多打磨
最美的阴影
分享一个人
完整如赤裸

天堂兜着圈
纠正了误会
深山有多远
取决于醒来
哪怕是瞬间

我回敬生活
犹如要低点
黄金的命运
屈从十二月
绚烂于远离

南方的天籁
牵动着技艺
放光的钩子
长时间沉默
我确认了你

新婚传奇

（恭贺友人桥）

在你到没有到来之前，你其实
原谅了你的生活，幸福的暮色已经降临。
而此刻，最快乐的，当然是五彩祥云，
接近于冬天的完好无缺，看上去
像是属于你的小地图，新婚的现场，
仅次于天鹅的年华，每一次上升
都值得你万分感谢，在等待中
避开了大火焚烧的抒情。假如你有所感觉，
火星擅长漫长的传奇，很显然，
没有什么比你更幸运的是，未来
需要在生活的庇护之下，像阴影
取决于侥幸逃脱的阴影。假如
你永不到来，身后的背景
会不会结冰？假如你不绕开历史的侧面，
你会不会了解到另一个真相……
趁着没有深陷到什么样的动机，
你不妨从天堂找出它的边缘，即使
你还不知情，但是对所有的人
而言，莫过于祝福的过程，金属般地
坚不可摧，甜蜜越是倾向于缓慢，
就越是依赖于最有效的传说。

在属于天鹅的领域,祝福你的
寻常不同的翅膀,祝福你学会了
伟大的信任,在天空逾越了雷池半步。

从镜子反射出你的世界计划

对比镜子的里外,你看不出来,
它实际在冬天的清澈里邀请了你,
随着更多的等待,变成了
广场的空旷。或者,比起你的孤独,
就好像寒风翻倍了一下,我们容易
显露出缝隙中的蛛丝马迹——
当然,不满足于仅仅神秘的反射。
假如我没有记错,镜子向你借过你的影子,
甚至暗夜中的匍匐。最完美的焰火,
仅次于冬天漫长的耐心,
仿佛是一次谋杀,沦为镜子的本身,
或者相反,沦为秘密的人质。
更多时候,给世界的一个高度,
意味着你必须攀登它,一旦命运
通过镜子实证了你的替身,我就会
减少站在白云背后的受益。
但有时,你未必不知道
自己在里面,世界是巨大的镜子,
反射出我们彼此遗忘的关系。

旅程传奇

七月,雨开辟雨的空间。
梦比细碎的生活更像奔跑的我
而得以辽阔。黑乌鸦自我隐匿,
仍可用于一个不为我所知的秘密,
它几乎通过饶舌的告密,穿越半个天空,
有银饰,还有生活的龃龉。
但稍一加赞美,过去即不朽。
这样的情况下,诗,在汉语拥有了
铁制的肺,呼吸于我们的记忆深处,
不仅没有输给诗学的道德课,
还格外醒目于失去河流的沉默。
有时,沿着陌生的寂静,
道路看上去把树挪得更远,但比起你,
仿佛变得很近,这其中糅合了
丛林法则,试探着铁轨的耐心。
在此之前,风偏向于个人的敏感,
具有渗透力。要么就是,必要的场面
反而比我们更疏于表面的厌倦。
我猜,现实本身其实并不乏窍门,
以至于你不屑于辨认的保险。
一点不奇怪,甚至我们身上的风景,

也润色过极端的影子。我更猜，
从未有人私下对你说，诗，随时会
改变我们对世界的态度。

细雨中访甲乙村计划

在蜿蜒中缓慢,但这还不够,
在大片山雾中难以察觉缓慢。
耸立的出生地之旅,已经到
这里了。仿佛是一个寓言的古老,
从迷信到缥缈,在我们之间完成了深渊。
恰当的语速有助于我们清醒,
通常,甲乙村环绕静谧,我确实没见过
山中有村落,空气兜售少有的自由,
得好好看看周围,那些小浆果
从不带有私人性质,展露着
我们不得不面对的美丽的缺陷,
再配上农舍的背景,看上去不影响
夏日很快地沉入黑漆漆的夜幕。
叶子在叶子里像新换的舌头
更灵敏,稍一碰触就会缩回到后面。
偶尔细雨放飞附近的瀑布,蕴含着
神秘的情感。显然,我在这里
被冷得发紧。但我想,肯定不只是
改变了我的身体,不同的深度
有不同的体验,像是有了一个主语,
人和山水经过相互指涉,才会

掌握天赋的可能。所以,我的讲述
无法穿透村落的沉默,仅仅是
比轻盈更偏爱于对抵达的克制。

山居传奇

(赠梦亦非)

这山中的雨雾,不断地蒸发
又不断地聚焦。七月末的一盆烤火
令冬天的错觉再现于我们的
眼前,然后像是减弱了
你的心愿,脱胎于黔南的一个悬念,
怎么说也是有底的。碧绿的水稻
经过轮回起伏在清澈中,虫鸣
混迹于灌木丛,犹如来自宇宙的
奥秘,既不大于耳朵的空旷,
也不小于死亡的短暂,以至于它
融入我们身上的安静。对此你似乎
毫不在意,凭着以树为邻的
领域,像不盲目的爱,更贴近
不盲目的生活,表明你不再
对世界做出妥协的选择。生动的
雨滴,比从前开始得太早,
即使我愿意说,你的示范很有效,
足以让大雾向你倾斜,这本身
就是无垠。甚至,还能帮助
我们确定剩下的私人时间。

表面上，你谈论我们在城市的时候，
听上去就像谈论我们在山居
从不使用替身的样子。

草堂里的猫传奇

你很幸运,确定了这么一个客栈,它不是草堂,更从未有过猫。仅仅作为名称从你过渡到我,从一个人过渡到另一个人,凭着这过渡的美,闲置了一个咖啡色的下午,仿佛带着不固定的秩序,成为我们深处的小插曲。但你不能确定,涉及渗透的艺术必然不能不提到像猫的个性独居,还替你伸出爪子,几乎具有诱惑力,它把嗜睡的天赋借给了你,这意味着时间是用来浪费的,以至于你面对比闪烁稍显真实。即使有可能在别处,草堂的空间大小,好像丈量过猫的慵懒,也顺带丈量了墙壁上快速向上爬的蟑螂,有待于我们蠢蠢欲动。甚至,它会涌向自我挖掘的一个好机会。很显然,猫是草堂里假象的一部分,我们是我们假象的一部分。有时,你有意无意忽略过宇宙,让一只猫的下午深不可测,足以深奥于我们的共同点：新的语速增添了重力，恰似时间的斜坡，这必然不可避免影响你的柔和。不妨说，我们在另外的草堂从未错过另外的猫，更不会让你四处徒劳寻找。

乘坐高铁返回计划

从秘境到轻熟的词典:几乎漏了
高铁的真切,我们耗尽一路上的时光,
去实践着另一种转换。一切权利
属于一场最后的雨,看吧看吧——
这似乎我们学到了遗憾,解散的修辞赶在
天黑之前,这意味深长的宣告,
岂止代替日常掩饰,因更远而客观
缄默。山水如同梦境,被加速于
短暂的遗忘。返回寻找更深的
比喻,看上去贯穿了一个依旧是
新颖的生活,里面装着的回音
像启示也有速朽的时候。
我忽然觉得我减少的,不会
仅限于逃离群体的去处,如果只与
陌生有关,那就是铁轨沿袭了
非法的旁观,夹杂着我及时
配合多余的众多睡眠,可以用来
揭示收获不同于各自的经历。
比如触及虚无的空气,又不能
低于热浪,最显眼的难免要过隧道
这一关。所以说,借助迷信的

描述,底线一点不底线,两茫茫
一点不两茫茫。我只赞同于
同一件事在不显形中有里外之分。

图书在版编目（CIP）数据

一首诗的战栗/阿翔著.—济南：山东文艺出版社，2016.4

（身份共同体·70后作家大系/孟繁华，张清华主编）

ISBN 978-7-5329-5183-3

Ⅰ.①一… Ⅱ.①阿… Ⅲ.①诗集–中国–当代 Ⅳ.①I227

中国版本图书馆CIP数据核字（2016）第036430号

一首诗的战栗

阿翔 著

主管部门	山东出版传媒股份有限公司
出版发行	山东文艺出版社
社　　址	山东省济南市英雄山路189号
邮　　编	250002
网　　址	www.sdwypress.com
读者服务	0531-82098776（总编室）
	0531-82098775（市场营销部）
电子邮箱	sdwy@sdpress.com.cn
印　　刷	山东德州新华印务有限责任公司
开　　本	620毫米×1000毫米　1/16
印　　张	16.5
字　　数	160千
版　　次	2016年4月第1版
印　　次	2016年4月第1次印刷
书　　号	ISBN 978 - 7 - 5329 - 5183 - 3
定　　价	40.00元

版权专有，侵权必究。如有图书质量问题，请与出版社联系调换。